JN186794

清政

絵師になりたかった少年

茂木ちあき 作
高橋ユミ 絵

新日本出版社

清政——絵師になりたかった少年／目次

1　地本問屋

天明六年（一七八六年）、正月。

浅間山の噴火に端を発した天明の大飢饉は、東日本一帯をおおい、人々は食糧難と貧苦にあえいでいた。

しかし、ここ、お江戸日本橋は江戸城のお膝元。商店が立ち並び、人の往来も盛んで、まだ、不景気の波を感じることはなかった。

ましてや今日は、正月六日。年が明けたばかりの日本橋界隈はいつにもましてにぎやかで、威勢のいい初売りの声のなかを、着飾った娘たちが闊歩していた。

風花が舞う。

雪でも降ってきそうな冷えこみだ。

政之介は気がせいていた。

早く絵を描きたい。すぐに描かないと、今のこの高揚した気持ちが消えてしまいそうだった。

「政ちゃん、おしるこ、食べていこうよ」

姉のお佳代が、両手に息を吹きかけながら言った。

「きょうはいいよ、まっすぐ帰ろう」

政之介はひたすら歩いた。

「待ってよ、政ちゃん。そんなに早足されたら、追いつけないじゃない」

お佳代はへそをまげた。

「晩方までに帰ればいいって、おとっつぁまの許しももらってるのに。つまらない子。絵のこととなると、まるでほかが見えなくなるんだから」

政之介は気まぐれな子どもだった。

大店の跡取り息子で、わがままに育てられていたせいもあろう。しかし、それ以上に、政之介自身がもともと自由気ままで、どこかとらえどころのない、ふわふわした子どもだった。そのくせ危なっかしいかというとそうでもなく、人一倍利発で、思慮深いところもあった。

やっと、十一歳になったばかりだというのに、体も大きく、変に大人びて分別くさいところもあった。

今日も、姉のお佳代の芝居見物に、用心棒としてつき合わされていたのである。小柄なお佳代と並ぶと、身の丈も政之介の方が少し上回っていた。

『娘道成寺』などという、めめしい芝居に興味はなかった。

姉が出かけるときは、いつも、ねえやのおキクが供をするのだが、今日は運悪く、おキクは母親の急病で里帰りしていた。

父にいいつけられて、しかたなく姉についてきたのだ。

それなのに、むくわれない恋をなげいて舞う、烏帽子姿の白拍子（踊り子）

の美しさに魅了されてしまった。

華やかな衣装や、におうようなあでやかさが、目に焼きついてはなれない。

家を出るときは、芝居見物につき合うかわりに、しるこ屋にでも寄り道して帰ることをお佳代に約束させ、それを楽しみについてきたのだ。

だが今は、しるこなどどうでもいい。

一刻も早く家に帰って、絵筆を持ちたかった。

何事にもたけていた政之介だが、とりわけ、絵はうまかった。

もの心ついたころから絵筆をにぎり、家の家具や庭の草木、家族や町内の子どもたちなど、手あたりしだい絵に描いた。姉のお佳代などは、絵の手本（モデル）にされるのを嫌って、最近では、なるべく政之介に近づかないようにしていたほどである。

おさないころは、弟が自分を上手に描くのが誇らしく、手本をかって出ていたものだが、次第に政之介の要求が口うるさくなってきた。

「動かないで」

とか、

「首をかしげて」

などはまだいいほうで、最近は着物や帯の色にまで注文をつけてくる。このあいだは、長時間の立ち姿を要求してきたので、言いあいになった。

家に帰った政之介は、部屋にこもって、さっそく絵筆をとった。墨をするのももどかしい。

「お佳代ねえさん、墨をすっておくれよ。今日は手本はいいからさ」

「はい、はい、わかりましたよ」

佳代は、今日ばかりは弟の気まぐれにつきあう覚悟で、袖をたすきがけした。

「政之介はなにをしている」

ひょいと帰ってきた父が、店番が手薄なのを見とがめて言った。

「奥で絵を描いておいでですよ」

番頭の伝治郎が答えると、

「またか」

父は舌打ちした。

政之介の家は、地本問屋を営んでいた。店の名を「白子屋」といった。

地本問屋は錦絵や絵草子、読本などをあつかう問屋である。問屋といっても、中卸しよりも小売りが主で、今でいう書店、つまり本屋のことだ。しかし、江戸の地本問屋は販売だけでなく、みずから印刷し、出版する版元もかねていた。

当時の印刷は木版印刷である。

戯作者が持ち込んだ作品を版木に彫り、紙に刷り、製本して販売する。錦絵は、絵師が描いた浮世絵を、彫り師が板に彫り、刷り師が和紙に刷って、多色刷りの版画に仕上げた。

多色刷りの版画は、版木も色の数だけ彫らねばならない。何枚にもなった版木を、寸分たがわず刷り重ねて、ようやく一枚の作品になる。絵師と彫り師と刷り師、それぞれの職人技が重なり合って、美しく、華やかな錦絵が誕生するのである。

鮮やかに刷り上がった「錦絵」は、一枚がそば二杯分ほどの値段で、江戸町民の手軽な趣味として、人気を呼んでいた。

地本問屋「白子屋」は、日本橋本材木町にある。江戸城のお膝元ともいえるにぎやかな商業地で、政之介の父、関口市兵衛を筆頭に、家族と数名の奉公人の住居をかねた、町屋風の店構えだ。

市兵衛の祖父の代からつづく大店で、地本問屋であると同時に書物問屋でもあり、書物や地図などもあつかっていた。

店の裏長屋には、彫り師と刷り師が泊まりこみで作業ができる刷り場もあり、店では製本と販売だけをおこなっていた。

父の市兵衛は、この刷り場と店との往復にくわえて、得意先まわりや問屋同士の寄り合いなどで、おちついて店にいることはめったにない。その間、店は母親の登勢と、番頭の伝治郎が仕切っていた。

父に呼ばれて、政之介は店に出た。

「晩方は店に出るように言っただろう。おっかさまは晩方は忙しいんだ」

「すいません」

姉の佳代がかばった。

「ちゃんと晩方前には帰ったんです。娘道成寺があんまりきれいだったものだから。政ちゃん、上手なんですよ」

「お前は白子屋のあるじになるんだ。絵を描くひまがあったら、算術でもおぼえろ」

「おとっつぁま、政ちゃんは算術もそろばんも、だれにも負けませんよ」

「もういい、わかってる」

父は吐き捨てるように言うと、また出かけていった。

「お佳代ねえさん、おとっつぁんはおいらのこと、きらいなのかな」

「そんなことないわよ」

お佳代は政之介を帳場に座らせると、さっさと奥にもどっていった。

もともと絵や書物が好きな政之介である。父親に言われるまでもなく、店にはしょっちゅう顔を出し、番頭の伝治郎にせがんでは、新しい錦絵や人気の書物を見せてもらっていた。

しかし父は、政之介が勝手に店の書物を見るのをこころよく思わなかった。上質な和紙の商品に何かあってはならぬ、というのが表向きの理由だ。だが本当は、まだ子どもには読ませたくない書物も多かったからである。

大人の恋愛を描いた草子や難しい専門書など、まだ政之介には早いと思っても、政之介は片っぱしから読みたがった。内容はどうでもよかった。ただ、ふんだんに描かれているさし絵の一つ一つが、見たかったのである。

きょうも、父が持ち帰った新しい品物を一枚一枚見ていると、たったいましかられたことなど忘れてしまう。

二つに折りたたまれた絵草子は、滑稽話や、男女の恋を描いたものが多く、政之介にはいまひとつぴんと来ない。さし絵も墨の一色刷り。軽妙な筆づかいは興味深かったが、じっくり見入るほどの興味は感じない。

それに比べて魅力的なのは、なんといっても錦絵だ。色鮮やかな多色刷りの錦絵は、いくら見ても見あきることはなかった。

2　おさななじみ

「政さん、手習い見ておくれよ」

「そろばんのおさらい、しておくれ」

新々堂につくと、年下の子どもたちが寄ってくる。

「わかった、わかった。だけど今日はだめだ、おいら、やることがある」

政之介は年下の子たちを何人かずつまとめると、おさななじみの勘助と弥吉にまかせて、自分は教場のすみに陣取って絵筆をにぎった。

新々堂は、町内でも一番大きな寺子屋である。大通りにも近く、商家の子どもが多かった。師匠の新右衛門は武家の出身だが、学問好きで武道をきらい、

兄が家督をついだあと、町屋住まいをして寺子屋を開いたということだった。江戸町民の子どもは、ふつう、数えで七歳になった年から寺子屋に通う。だが、地本問屋に生まれ育ち、早くから書物に親しんでいた政之介は、ほかの子より早く読み書きを覚え、六歳には新々堂に通い始めた。もう、丸五年になる。

いまでは、師匠の助手のような立場にいた。

そんな立場も忘れて夢中で絵を描いていると、いつのまにか、ときが過ぎてしまう。

正月歌舞伎で観た娘道成寺の絵に、色を差し入れて清書しているのだ。着飾った白拍子の立ち姿、衣装にほどこされた細やかな図柄や舞台に咲く花々まで、流れるような線と迷いのない筆づかいで、子ども離れした描写力だ。

気がつけば、新右衛門がうしろに立って、政之介の筆運びに見入っていた。

「あ、すいません」

「よい、よい、立派なものだ」

いつもながら、思わずうなるほどの出来ばえだ。

「おさらい会はそれでいい。政之介は絵を出しなさい」

「はい」

年初めの数日間、子どもたちの手習いを並べて、親や、町の人たちにおひろめをする。そろばんの競い合いや、読本の音読会もあった。いわば発表会だが、新右衛門にとっては、春からの新しい子どもを呼び集めるための、宣伝でもあった。

当時、寺子屋は江戸市中に七百から八百軒はあったといわれ、この町内にも、三軒あった。看板を出さずに、近所の子どもたちを集めて、読み書きや裁縫を教える小さな手習い所も入れたら、さらに数は増えるだろう。

もっとも、寺子屋とはおもに関西の呼びかたで、当時の江戸では、手習いとか、指南所といわれることが多かった。いずれも、師匠が自宅に子どもを集めて教える私塾だったため、毎年の生徒集めも、売り上げにかかわる一大事だったのである。

「政ちゃんはいいよなあ。手習いもそろばんも、絵も描けて。なんでもござれだもんな」

弥吉がそろばんを投げ出して、寝ころがった。

「弥吉、商売人の子がそろばん投げたら、しかられるぞ」

政之介は笑いながらいさめた。

「ふん、えらそうに言うな。政ちゃんだって商売人の子じゃないか」

「そうさ。だから、そろばんは投げないさ」

「政ちゃんはいいよ。立派なお店の跡取りだもの。おいらんちはただの魚屋だ」

「またふてくされてるのか、弥吉は」

勘助が割って入った。

「弥吉のうちだって立派な魚屋じゃないか。お前がもっと大きくすればいいだろう」

勘助の家は建具屋だ。

「おいらこそ情けないよ。兄さんが跡をとるんだから。おいら一生、日の目を見れねえ」

建具屋の息子らしく、いつもトンカン、トンカンと歯切れのいい勘助だが、今日はめずらしくはっきりしない。

「どうした勘ちゃん。元気ないな」

いつになく後ろむきの勘助が、政之介は気になった。

「おいら、奉公に行くことになったよ」

「奉公！」

「丁稚か！」

政之介と弥吉は同時に声をあげた。

「早いじゃないか」

「どこへさ」

ふたこと目も声がそろったので、三人は思わず顔を見合わせた。

政之介と勘助と弥吉は、家も近いし、寺子屋に上がる前からよく遊んでいたおさななじみだ。政之介が一年早く新々堂に上がってしまったので、新々堂から帰ると、二人にせがまれて、よく手習いごっこをした。

一年後、勘助と弥吉が新々堂に通い始めたときは、二人ともひととおりの読み書きができた。それが同い年の政之介のおかげと聞いて、師匠の新右衛門は舌を巻いたものだった。

寺子屋は何年間、と決まっているわけではない。家の事情で少し早目に奉公に出たり、先々のことを考えて医学や剣術など、専門の指南所へ移ることもあった。

しかし、ふつうは六年ほど通って、十二、三歳で卒業する。そのあと、家業の見習いをしたり、奉公に出たりするのである。女子の場合は、しつけ見習いと称して、武家や大店へ女中奉公に出ることもあった。

政之介や勘助、弥吉たちは、あと一年ほど寺子屋にいて、そのあとは家の手伝いをしながら仕事を覚えるというのが、このあたりの商家（しょうか）の子どもの一般的（いっぱんてき）な進路だ。

「もう決まったことかい」

政之介（せいのすけ）が聞いた。

「ああ。おとっつぁんの仲間の材木屋に、見習いにいくことになった」

「遠いのか」

「木場（きば）だから、そんなじゃないよ」

木場まではおよそ二里（り）（約八キロ）の道のりだ。子どもの足でも一刻（いっとき）（二時間）ほどだろうか。

「あと一年、待ってもらえばいいじゃねえか。勘（かん）ちゃんのおとっつぁんに、たのみに行こうよ」

弥吉（やきち）が声だけは威勢（いせい）よく言った。そんなことを子どもが言っても、無理なことはわかっている。

「うーん、どうしたもんかなあー」

政之介（せいのすけ）は腕組（うでぐ）みをして、首をかしげた。

大人びたこの仕草は、父親そっくりだ。

「行ってみるか」

あわてたのは勘助（かんすけ）だ。

「いいよ、怒（おこ）られるよ」

「いきなりたのむんじゃないさ。聞いてみるだけだよ」

勘助の家が近づいてくると、コンコン、トントンと、建具（たてぐ）を組むリズミカルな音が響（ひび）いてくる。天に抜（ぬ）けるような、こきみのいい音だ。

「おや、白子屋（しらこや）の坊（ぼっ）ちゃん、いらっしゃい」

勘助の母親はあいそうよく出迎（でむか）えた。だが、顔は笑っていない。

職人気質（しょくにんかたぎ）で頑固（がんこ）そうな父親が、ねじり鉢巻（はちま）きの下からぎろりとにらんだ。

「用がすんだらまっすぐ帰って手伝え。いつまでうろうろしてんだ」

「ああ、すぐやるよ、おとっつぁん」

勘助はくまでを持つと、木くずやかんなくずをかき集めはじめた。

「ごめんな。今日はだめみたいだ」

「すいませんねえ、坊ちゃん。明日には納めることになってましてね、今日中にすましちまわないと、だめなんですよ」

弥吉は首をすくめて、「やっぱり無理か」と笑った。

「勘ちゃんのおとっつぁんはがんこだからなあ。怒らせたら、かんなで鼻の頭、削られちまいそうだぜ」


翌日、新々堂で顔を合わせた三人は、今日こそは、と覚悟を決めて、もう一度、勘助の家を訪ねた。

店先はきれいに片づけられて、普段の威勢のいい声や、のみの音もない。昨日まで材木を削って建具を組んでいたが、今日は全部運び出して現場に向かったという。

「ねえ、勘ちゃんのおっかさん。早すぎるよ、あと一年待っておくれよ」

いきなり弥吉が切り出した。

「なんの話だい」

「勘ちゃんが奉公に出るっていうのは、もう決まったことですか」

政之介は上手に話を進めようとした。

「勘ちゃんがいなくなっちまったら、おいらさみしいよ。政ちゃんだけじゃさあ」

「弥吉は少し黙ってろ、政ちゃんにまかせて」

こんどは勘助がいさめた。

「材木屋さんに行くってことは、勘ちゃんは建具屋にはなれないんですか。勘ちゃんは器用だし、建具の仕事が好きなんです」

「いくら白子屋の坊ちゃんでも、うちにはうちの事情ってものがあるんですよ。

よけいな口出し、しないでくださいな」

「だけど、お店のあとを継げなくても、分家するとか、ほかに手はあるでしょう。材木屋で下働きのまま終わるのは、かわいそうじゃないですか」

政之介は、大人顔負けの冷静さで話を進める。勘助の母も驚くやらあきれるやらで、けっきょく、全部しゃべってしまった。

どうやら先方には子どもがいないらしく、勘助さえその気で修業すれば、跡を継がせてもいいと考えているらしかった。

「じゃあ、勘ちゃんは材木屋の跡取りになれるんですね」

「それは、勘助のお勤めしだいだよ」

政之介が弥吉の肩をたたいた。

「そういうことならいい話じゃないか。喜んで送り出してやろうぜ」

「まあ、しかたないな。ここにいても、一生、兄さんの手伝いで終わりなんだろう」

あわてて勘助の母親が言葉をたした。

「だけど、このことはまだ聞かなかったことにしておくれよ。ほかに若い衆もいるんだし、勘助が跡取りになれるかどうかなんて、まだだれにも、わかりゃしないんだからさ」

「だいじょうぶだよ、おっかさん。おいら、がんばるよ」

勘助は、大人の事情を承知したうえで、ほかの子より少し早めに奉公に出る覚悟を固めていた。

「勘ちゃん、つらくてもがんばるんだぞ」

弥吉がぐすんと鼻をならした。

「忙しいやつだなあ、怒ったり泣いたり」

そういいながら、政之介も寂しさはぬぐえなかった。

勘助を励まし、弥吉をなぐさめながら、政之介は複雑な気持ちだった。

自分はどうなのだ。家業を継ぐものと、おさないころから思っている。それ以外の選択肢はなかった。だけど、絵は描きたい。店を継いでも、絵を描きつづけることはできるだろうか。

薬師堂の階段に腰かけて、三人はめずらしくしんみりしていた。

「いつ、行くんだい」

政之介は冷静を装って尋ねた。

「やぶ入りがおわったら、すぐ」

やぶ入りは、年末年始のあわただしさが一段落した正月十六日。職人や奉公人が休みをとって、実家に帰ってもいい日だった。翌日、みんなが店にもどってくると、やっとおちついて通常の商いが始まる。

「あと三日か」

突然、弥吉が、

「ぐふぁふぁ」

と笑った。

「木場なんてすぐそこだい。いつでも帰って来ればいいさ」

「そうはいかないよ。奉公だもの」

「無理するな、弥吉」

政之介だって、無理して高笑いでもしてみたい気分だ。

町内で一番の仲良しだった勘助がいなくなる。弥吉ではたよりなくて、勘助の代わりにはなりそうもなかった。

「勘ちゃんなら大丈夫だよ。しっかりやりなよ」

「そうだ。材木問屋の跡取りだもんな」

「そんなに簡単じゃないって。いくら親方がおとっつぁんの知り合いだからって、奉公人はいっぱいいるんだから。それより、弥吉はどうするんだい」

「おいらはあと一年、新々堂に通ったら、あとは魚屋だ」

「政ちゃんは……」

絵師になるのかい、という言葉を、勘助はのみこんだ。

政之介が絵師になりたがっているのは、勘助も弥吉も知っている。だが、大店の跡取り息子が、ほかの仕事につくことなど、考えられないことだった。

「今年から、手習いが終わったらすぐに帰って、店に出るよう言われたんだ。しばらくは番頭の伝治郎さんについて、修業の身だよ」

「じゃあ、絵師はあきらめるのか」

「……」

「そうだ」

弥吉がとんきょうな声を上げた。

「政ちゃんにはねえさんがいるじゃないか。ねえさんが婿さんをもらって、店を継いでもらえばいいんだよ」

「今さらそうもいかないよ。絵師だけで食べていけるとも思えないしさ。店をやりながら、絵は楽しみで描いていくさ」

「うまくいかないもんだな。建具屋になりたい勘ちゃんは材木屋で、絵師になりたい政ちゃんは地本屋か」

三人は声をそろえてため息をついた。

それぞれ、先々のことを考えなければならない年齢だった。

3　おキクとおユキ

夜になって、ねえやのおキクが帰ってきた。

政之介(せいのすけ)が生まれて間もなく、子守り(こも)としてこの家に来てから、こんなに長く休みをとったのは初めてだった。

キクの母親は、松の内も明けない寒い朝、突然倒れた(とつぜんたお)。知らせを受けて急いで里帰りしたキクだったが、母親の意識(いしき)はすでになく、そのまま目を開くことなく息を引き取ったという。

質素(しっそ)な葬式(そうしき)をすませ、母親の親類や知人にあいさつ回りをしていたら、こんなに遅く(おそ)なってしまったと、キクはわびた。

そのあと、一緒に連れてきた女の子を横に座らせて、あらためて頭を下げた。

「末の妹です。こちらに、置いていただくわけにいきませんでしょうか」

色白の、まだ年端もいかない子どもだった。

「まだ小さいじゃないか、いくつになったんだい」

母のお登勢は、いぶかるような顔で尋ねた。

「ユキです。七つになりました」

ユキは消え入るような声で言ったが、寺子屋のどの女の子よりも小柄で、さらに一つ二つ、おさないのではないかと思われるほどだった。

「いくらキクの妹でもさ、急に言われてもねえ……」

キクの郷里は、江戸日本橋から北東へ五里（約二十キロ）ほども行った、下総の寒村にある。

貧しい小作農で、一番上のキクが奉公に出た後は、たった一人の男の子と末っ子のユキをのぞいて、妹二人も次々と奉公にでた。

両親と弟が畑に出て、細々とした暮らしをつづけてきたが、三年前からつづく大飢饉で、年貢米はおろか、自分たちの食べるものさえ収穫できなくなっていた。

天明三年（一七八三年）は、天地に見放されたような年だった。

三月に、陸奥の国の岩木山が、突然噴火した。大量の火山灰が東北の大地をおおい、春の作付けもできないまま、五月には信濃と上野の国境にある浅間山の火山活動が活発になった。

浅間山は五月、六月と、断続的に噴火をくり返しながら、とうとう七月、大噴火を起こしたのである。

大量の火砕流が、ふもとの村に襲いかかった。山肌の木々をなぎ倒し、田畑をおおいつくして川をせき止めた。流れる先を失った川は氾濫し、周囲の村々をのみこんで、本流の利根川に流れこんだ。増水した利根川は、すべてのものを下流へと運び、武蔵や下総の流域にまで、多くの遺体が打ち上げられたという。

翌天明四年。泥流に流され、火山灰をかぶった田畑は、作付けのめども立たなかった。人も大地も疲れはて、牛馬もほとんどが死滅している。植えつける種もみさえなく、農民は働く気力も失っていた。

土地がやせていた東北地方から北関東全域は、このあと数年にわたって冷害と凶作にみまわれ、やがて、食糧難と不景気が日本全土におよんだ。のちに言う、天明の大飢饉である。

「おっかさんは食べるものもなく、泥まじりの雪を口にふくんで死にました。亡骸は枯れ枝のようでした」

キクは嗚咽した。

父親はおとなしくてまじめに働く人だが、小さな娘の面倒まで見る余裕はない。まだおさなすぎるのが心苦しいが、

「ユキも奉公に出すしかない」

といった。

「奉公どころか、どこに売りはらわれるかわかりません。それではあまりにかわいそうなので、連れてきました。どうか、かまどの守りでも水くみでも、させてやってくださいまし」

姉のまねをして、ユキも深々と頭を下げた。すり切れた半襟からのぞく白く薄い背中が、それまでの暮らしを思わせた。

お登勢が、おもわず声をつまらせた。

「わかったよ、遠いところをせっかくきたんだ。とにかく、しばらくいるといいよ。このごろは政之介も店に出ることが多くなって、奥がさみしかったんだよ。お佳代の話し相手にでもなっておくれ」

おキクもおユキも、土間におでこをすりつけて、肩をふるわせた。

今回の飢饉が、これまでにない深刻なものであることは登勢の耳にも入っていた。しかし、白子屋のある日本橋界隈は人の往来も盛んで、まだ、飢饉を身近に感じることはなかった。

政之介やお佳代はもちろんのこと、母親のお登勢も、飢饉の中を生きてきた者と間近に接するのは、初めてだったのである。ましてや、こんなにおさない子どもである。そのまま放り出すわけにはいかなかった。

「おキク、おユキを湯に入れて、髪を結ってておあげ。お佳代は丈が足りなくなった小紋があるだろう、持ってきてごらんよ」

登勢は、自分たちの余裕のある暮らしをわびるかのように、せっせとユキに手をかけた。

髪を結い、紅色の小紋に着がえさせると、色白のユキは人形のようだった。

「なんて、かわいらしいこと。お佳代のおさがりなんて思えないよ。まるで、あつらえたようだ」

おキクは、もったいない、もったいない、とくり返した。

「置いていただくだけで十分です。下働きをさせますから、そんな上等な着物は、どうか脱がせてくださいまし」

「いいわ、それ、おユキにあげる。よく似合ってるもの」

それからというもの、佳代も妹ができたかのような喜びようで、ことあるごとにユキを呼び、読み書きを教えたり、稽古に連れて歩いたりした。

「政ちゃん、おユキとふたりのところを描いてちょうだい」

と、ふたたび絵の手本も買って出るようになった。

娘道成寺の白拍子の姿に魅せられてから、美人画を描きたいという気持ちが日に日に増していた政之介にとっては、ありがたいことだった。

ユキでは美人画というにはおさなすぎるが、髪を結い上げた娘の姿は、願ってもない手本だった。

そればかりではない。貧しい暮らしに耐え、人より早い年齢で奉公に来たユキは、けなげによく働いた。読み書きをおぼえるのも、仕事ののみこみも早く、利口な娘だった。そのいじらしさとかわいらしさは、政之介の気持ちを引きつけた。白拍子の美しさは着飾った外見の美しさだ。だが、それとは別の、内からにじみ出る美しさがあるのではないか。いわば、人としての生命の美しさだ。いつも一生懸命で必死なユキには、そうした美しさがあるのではないかと思った。

ユキの姿を描いておきたい。人を描くとはそういうことではないかと、政之介は思いはじめていた。

4 あこがれの絵師(えし)

やぶ入りの翌朝。

勘助(かんすけ)はまだ暗いうちに家を出、木場(きば)の材木屋に奉公(ほうこう)に入った。

勘助が店に着いてあいさつをすませたころ、白子屋(しらこや)でも、奉公人や刷(す)り場の職人(しょくにん)が勢(せい)ぞろいして、年頭の顔合わせと店主のあいさつがあった。

その場に、政之介(せいのすけ)も呼ばれた。

「政之介も今年、十一になった。まだ子どもだが、今後は、当家の跡取(あとと)りとして、仕込(しこ)んでやってもらいたい。よろしくたのむ」

店主が頭を下げたので、みんなも平伏(へいふく)した。

あくる日から、寺子屋がすんだら、まっすぐ帰って店に出た。

絵を描く時間が減ったのはさみしいけれど、店に入ってくる品物をまっ先に見られるのは、政之介の大きな楽しみとなった。

店の売れすじは、絵草子と錦絵だ。

絵草子は、江戸の庶民の一般的な読み物で、絵と文字を一枚の紙に印刷した、絵本のようなものである。墨一色の木版画で刷ったものを店に運び、あとは店先で製本した。一枚ずつ山折りにし、順番に重ねて、紙でくるんで簡単な表紙にする。

製本が始まると、道行く人が立ち止まって作業を見物し、できたところから買い求めていったりした。

手先が器用な政之介は、この作業が得意だった。

政之介の細長い指が一枚ずつ紙を折り、重ね、和紙でくるんで、ふのりで貼り合わせる。一連の作業が流れるように進み、一冊仕上がると、すかさず、

「それおくれ」

「いただいていくよ」

と声がかかった。

番頭の伝治郎が言った。

「坊ちゃんが店に座ったとたんに、客が立ち止まって、買っていきますよ」

そういわれると、政之介もまんざらではなかった。

錦絵は、美濃紙という上等な和紙に刷り上げ、刷り場から運んでくる。ほかの店で刷ったものを買い付けてくることもあった。それらを並べて一枚いくらで売るのである。

白子屋があつかっていた品物の中で、とりわけ政之介が気に入っているのは、鳥居清長の美人画だ。

「美人画といえば、なんといっても清長さんですな」

番頭の伝治郎は、政之介にそう教えた。

「ほうと、ため息が出るような、達者な絵はほかにもあります。ですが、しみじみとうれしく、元気がわいてくるのが清長さんの絵ですよ」

江戸の美人画は、一七〇〇年代半ば、多色刷りの木版技術が開発されて、一気に開花する。華やかさが増し、量産も可能になって、町人文化の発展になくてはならない存在となっていった。

鳥居清長も、人気絵師として一線で活躍していた。

鳥居清長は鳥居派の門人である。

鳥居派は、歌舞伎の役者絵や芝居絵を家業としていた。

芝居小屋にかかげる看板や配役表などに役者の顔を描き、演技中の役者の姿などを、錦絵にして販売する。いわば歌舞伎界の、おかかえ絵師のような役割である。

しかし清長は、鳥居家の親類縁者でも内弟子でもなく、通いの門人の一人であった。家業の役者絵にこだわることなく、独自の作風を貫き、おもに美人画を描いていたのである。

しかも、その画力は鳥居派一門の中でも群をぬき、とりわけ美人画は、江戸市中の並みいる絵師の追随をゆるさなかった。

清長は、自由奔放に、活気にみちた江戸の女性たちの日常を描いた。歌舞伎の女形や遊女の姿だけでなく、生まれたばかりの赤ん坊を抱く母親の姿や、洗濯物を干すおかみさんたちの様子など、ごく普通の女性たちの生き生きとした姿を描き、その生命感にあふれる美しさが人びとの共感を呼んだ。

細身で背が高く、流れるような流線型で描かれた作風も、新し物好きの江戸の人びとを魅了した。

政之介も、その長身の女性たちの姿に目を奪われた。

ゆるく合わせた着物の襟元に見える首筋の線。おしゃべりしながら歩く女性たちの、着物の裾からのぞく、ふくらはぎから足首への曲線。ふだん着の小紋にほどこされた細かい柄の一つ一つの線まで、あきずに目で追っては、ため息をついた。

どうしたらこんなに美しい線が引けるのだろう。

鳥居清長という人に会ってみたい。

この人に絵の手ほどきを受けることはできないものだろうか。

伝治郎にそれを問うたことがある。

「坊ちゃんは絵師にでもなるおつもりですか」

伝治郎は笑って取り合わなかった。

「そうと決めたわけじゃないけど、店をやりながら絵を描いたらだめかなあ」

「白子屋のあるじだけでも十分大変ですよ。絵師までやったら、もう……」

何かを思い出したように、伝治郎は口をつぐんだ。

「伝治郎さんはこの人のこと、知ってるの」

「はい、存じておりますよ」

「ねえ、どんな人。うちの店にも来たことがある?」

「そうですねえ……」

「じゃあ、おとっつぁんに頼んだら、会わせてくれるかなあ」

「さて、それはどんなもんでしょうなぁ」

政之介の思いは、日に日につのっていった。


数日後、政之介は、新々堂の新右衛門先生に呼ばれていた。

「政之介に折り入ってたのみがある」

政之介は神妙な顔で、新右衛門と向き合った。

「実はな、女先生としん坊の絵を描いてほしいんだ」

女先生というのは新右衛門のおかみさんで、女の子ばかりの手習いを開いている。去年、赤ん坊が生まれた。

新々堂は通りに面した部屋に机を並べて寺子屋にし、奥の部屋では、女先生が娘たちを集めて、裁縫や料理などを教えていた。その部屋で、女先生を手本に絵を描くというのは、気恥ずかしくもあった。家で姉やおユキを描くのとは、だいぶ勝手が違いそうだ。

　だが、ことわる理由はなかった。

「赤ん坊はすぐ大きくなる。今の姿を残しておきたいと思ってな。わしが描いてみたのだが、どうにもうまくいかん。これなら政之介の方がよほど達者な絵を描くと、女先生が笑うのだよ」

「はい、よろこんで」

「しかし、画料は払えないぞ」

「画料なんて……」

　言いかけて、政之介ははっとした。

　絵を描くと画料をもらえるということに、初めて気づいたのだ。絵師とはそうして食べている人たちだということに、今まで気がつかなかった。

「画料なんて、とんでもないです。店に出るようになってから家で描く時間がないから、描けるだけでうれしいです」

翌日から、娘たちの手習いがない時間に、奥の部屋で女先生としん坊を描いた。

女先生を描くのははじめ緊張したが、慣れてくると、お佳代ねえさんを描くのとさほど変わらない。だが、赤ん坊を描くのは難しかった。

しん坊は少しもじっとしていない。ユキやお佳代ねえさんには「動かないで」と言えたが、しん坊にはそれも通用しない。動き回るしん坊の、瞬間の表情をつかまえなければならない。

赤ん坊の肌はむっちりとして柔らかい。だが、意外に力強く張りつめていた。丸が連なったようなくるくるした線も、政之介には初めての題材で、これまで描いてきたものとは全く異質だった。

政之介は熱中した。

新右衛門はたのみごとのふりをして、政之介に新しい教材を提供してくれたのかもしれない。

毎日のように描いているところを見に来ては、「うん、うん」とか「よし、よし」とうなずいた。

数日して、

「できました」

政之介が筆をおくと、新右衛門はうなった。

「うーむ、立派なものだ。やっぱり血は争えんなあ」

血って、だれの血だろう。店で毎日、錦絵を見ているということだろうか。

政之介はすこし気になったが、それを尋ねる前に、新右衛門が言った。

「だがな、みごとな写し絵を見るようで、なにか物足りない。赤ん坊の生命力や、元気に育ってほしいという親の願いを吹き込んでもらえまいか。政之介にはまだ難しいかな」

そういわれたら、描かねばなるまい。

依頼を受けて描くのも、助言をもらうのも初めてだ。一人前の絵師として見てくれているようで、うれしかった。このまま終わらせたくはなかった。

「やってみます」

しかし、絵に願いを吹き込むというのは、どういうことだろう。

悩んだあげく、しん坊のお気に入りの凧を描きくわえた。自分の身の丈ほどもありそうな凧を小さな手で握り、遊んでほしいと母親を見上げるしぐさに仕上がった。その愛くるしい笑顔に、男の子らしい、生き生きとした好奇心が宿った。

「ほうー」

腕組みをして政之介の筆運びを見ていた新右衛門は、感嘆の声を上げた。

どう見ても、十一の子どもが描いたとは思えない。大人顔負けの立派な出来ばえだった。

「よし、名を入れておくれ」

「名なんて、いれたことありません」

政之介が言うと、新右衛門は「そうか……」と思案気にうなずいた。

「まだ名を入れたことはないのか。おとっつぁまは何と言っておられる」

「おとっつぁんはわたしが絵を描くのを、あまりよく思っていません。店をつぐんだから、絵なんか描かなくていいって」

「うむ。それなら、清長さんの清と、政之介の政の字で、清政とでもいれておいてくれ」

「清長さんって」

「鳥居清長さんだよ」

「鳥居清長は有名な絵師じゃありませんか」

「そうだな」

「清長はわたしも一番好きな絵師ですが、勝手に名前をいただいても、いいでしょうか」

「まあ、いいだろう。お前も好きなら」

政之介は、新右衛門先生も清長さんが好きなのだろうと、言われるままに、名を入れた。

「清長実子、と入れてくれ」

――三月吉日　清政

新右衛門が腕組みをしたままいった。

「実子って……。そんなこと、勝手に書けません」

「いいだろう、そうなんだから」

「え……」

「いつかわかることだ。清長さんはお前のおとっつぁまだろう」

政之介は耳を疑った。

「鳥居清長は鳥居派の絵師でしょう。うちの店でも大人気です」

「その清長さんは、お前のおとっつぁまじゃないか」

「うちのおとっつぁんは、白子屋のあるじで市兵衛っていいます」

「まあ、いい。店を継がなきゃならんのだから、言う必要もないと思ったんだろう。帰って、おとっつぁまに聞きなさい」

なぜ先生はこんな冗談を言うのだろう。

訳もわからないまま、言われる通りに書きたした。

——三月吉日、清長実子　清政
政之介はいてもたってもいられず、新々堂を飛び出した。

下駄をはくのももどかしく、そのままはだしで走った。

「政ちゃん、どうしたんだよ」

驚いた弥吉が、政之介の下駄をつかんで後ろを走った。それにも気づかずひたすら走って、政之介は白子屋に飛び込んだ。

「おとっつぁんは？」

帳場でそろばんをはじいていた伝治郎が、顔を上げた。

「どうしました、坊ちゃん、そんなにあわてて」

「番頭さん、おとっつぁんはどこだい」

「今日は朝からお出かけですよ。刷り場じゃないでしょうかね」

「刷り場？　ほんとう？　それとも絵を描いてるのかい？　番頭さん、おとっつあんが清長さんだっていうのはほんとう？　ねえ、そうなのかい？」

政之介は息つくひまもなく、まくしたてた。

伝治郎は「まあ、まあ」となだめながら言った。

「それをだれに」

「新右衛門先生がそういったよ。ほんとうなの？　おとっつぁんが清長さんなのかい」

「まあ、落ち着いてくださいまし」

伝治郎は政之介を帳場にすわらせると、ぽつりぽつりと話し始めた。

「旦那様は、隠し事をするつもりはなかったんですよ。ですが、坊ちゃんは、いずれ白子屋のあるじになるお人です。いくら絵がお好きでも、絵師にはなれません。がっかりさせるより、自然にわかるまで、知らせることはない、とおっしゃられたのですよ」

「だって、おとっつぁんは白子屋のあるじじゃないか。絵師もやってるのかい」

「そうです。ですから、大変なご苦労をされてるんですよ」

「だって、描いてるところ、見たことないよ。どこで描いてるんだい」

「鳥居さんの画室に行って描かれるんですよ。こちらでは白子屋のあるじに徹したいとおっしゃってね」

なんといわれても、容易には納得できない。

「でも、教えてくれたっていいじゃないか。清長さんに会いたい、弟子入りしたい、って、前から言ってただろう。番頭さんもよく知ってるじゃないか」

「ですからなおさらですよ。坊ちゃんのお気持ちは、旦那様にもお伝えしてあります。旦那様もおつらいんですよ」

「わからないよ。何がつらいんだよ」

「まあ、これ以上はわたしが勝手に申し上げてもね。旦那様とお話ししてみてくださいましな」

父が、当代きっての人気絵師であるという話は、にわかには信じがたい。しかも、自分がもっとも尊敬する、鳥居清長だという。

地本問屋の店主をやりながら、人気絵師でもありつづけるとは、どういうことだろう。なぜ言ってくれなかったのだろう。

おとっつぁんや番頭さんだけでなく、おっかさままで、みんなで口裏を合わせて自分をだましていたのだろうか。

お佳代ねえさんは知っているのだろうか。

政之介の頭はますます混乱し、憤慨もおさまりそうになかった。

5 若旦那修業

政之介の父、関口市兵衛は、おさないころから画才にたけ、十歳を過ぎたころには、三代目鳥居清満のもとで絵を習っていた。成人し、師匠から清長の名をもらってからも、家業の白子屋の店主をつとめながら、門人として絵を描きつづけていたのである。

「わたしの絵を気に入ってくれる人がいる。清長の錦絵がほしいと、刷り上がるのを待って買ってくれるお客がいる。店の繁盛にもつながる。家業のために、仕方なく描いていたのだ」

父はそう言って、政之介の目を避けた。

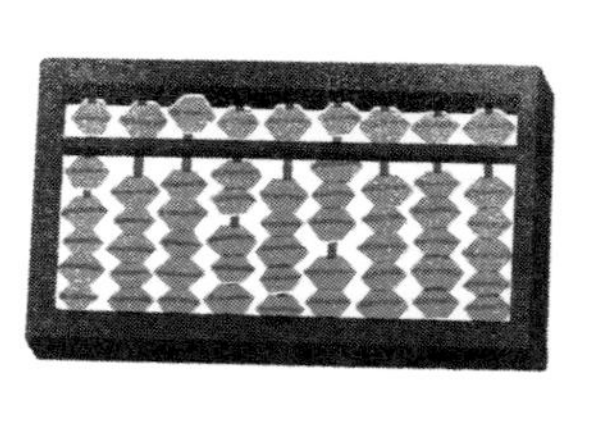

「うそです。仕方なく描いた絵か、本気で描いた絵かくらい、わたしにだってわかります。清長さんが仕方なく絵を描いていたなんて、そんなことありえません」

政之介はいつになく強気だった。

「お前は達者な絵を描く。だがしょせん、子どもにしては、という程度だ。絵など早くあきらめて、店の修業をしなさい」

「店の修業はちゃんとやります。だから、絵を教えてください。清長さんに習うことができたら、それで満足です」

「それはだめだ」

「どうしてですか」

「地本問屋の仕事を軽んじてはだめだ。草子や絵を最初に見て、駄作か売れるものかを見きわめるには、それなりの目がいる。奉公人を束ね、彫り師や刷り師にも一目おかれる人物にならねばならん。それには、人の上に立つ者としての知恵や人徳が必要なんだ。そろばんだけできれば、あるじが務まるというものではない」

「わかっています、白子屋はちゃんと修業して、しっかりやります。だけど、おとっつぁんみたいに、絵を描きながらやってもいいでしょう」

「伝治郎のような腕のいい番頭がいたからできたことだ。そうでなかったら、絵師と店のあるじの両方など、とても無理だ」

「だったら店なんか継ぎません。絵師になりたいんです」

不意に口を突いて出た。

だが、口を突いて出た言葉が自分の耳に入ったとたん、ずっと前からそれが言いたかったのだと、思った。

父の膝の上で、握ったこぶしがこきざみに震えた。

「入ります」

お佳代の声がして、ふすまが開いた。

張りつめた空気が、ふっと和らいだ。

「おとっつぁま、政ちゃんの絵です」

お佳代は、今日描きあげたばかりの、女先生としん坊の絵を広げた。

「お佳代ねえさん、どうしてこれを」

「弥吉ちゃんが届けてくれたのよ。あんたの下駄と一緒にね」

畳の上に広げたその絵を見て、父は思わず立ち上がった。

おさないわが子に注ぐ女先生の愛情あふれるまなざし。母親としてのういういしさ。片手で凧を握り、もう片方の手では母の着物の裾をつかんだ、赤ん坊の小さな手。いまにも立ち上がって歩き出しそうな、愛くるしい生命力。

見事だった。

政之介の絵を見ないようにしてから、どれくらいたったろうか。

息子の本心と、絵の才能を認めるのが恐ろしくて、避けていたのだ。その間に、政之介の筆は、子どもにしては達者、という域をはるかに超えていた。

子どものころからほめられた記憶しかない自分の筆に、勝るとも劣らない画力を、認めないわけにいかなかった。

「新右衛門先生はなんと」

「名を入れなさいって。清長さんの清と政之介の政で、清政でいいだろうって」

「そうか」

父はしゃがみこんで細かい筆の線を確かめたり、また立ち上がって視線を遠くして眺めたりした。

そのあと、座りなおして言った。

「店はちゃんと継ぐんだな」

「はい」

「絵師にはなれんぞ」

「わかっています」

「だったら好きにしなさい。描いたものは見てやろう」

「あ、ありがとうございます」

政之介は、天にも昇る気持ちだった。

政之介と白子屋にとって大変なことが起こったのは、あくる年、天明七年の春だった。

父が、鳥居派四代目に就任したのである。

鳥居清長は鳥居の家系ではない。だが、師匠の三代目鳥居清満は、息子が若くして亡くなった後、跡継ぎに恵まれないまま天明五年に急死していた。一門の中で、画力においても、年齢や人望のうえでも、もっとも四代目にふさわしいとされたのが清長だった。

清長ははじめ、断りつづけていた。だが、このままでは、代々つづいてきた鳥居の家系はとだえてしまう。

この年、他家に嫁いだ清満の娘に男の子が誕生した。この子を跡継ぎに育てるという約束で、四代目を継いだのである。

世話になった鳥居家に、恩を仇で返すようなことはできなかった。

鳥居の家業は役者絵だ。歌舞伎の演目に合わせて、興行初日までに、すべての役者の絵看板と番付表を作成しなければならない。門人の指導もある。束ねる絵師や職人の数も、白子屋とは比べものにならないほど多い。

歌舞伎の興行前などは鳥居の家に泊まりこみで、顔も見ない日がつづいた。最近では、美人画の新作もすっかり影をひそめている。

「だから旦那様は、ずっと鳥居を継ぐのはお断りしていたんですよ。ですが、今となってはやむをえませんな。生まれたばかりの庄太郎さんに仕事を教えたら、鳥居を去るおつもりでしょう」

伝治郎はすべてを承知したうえで、一切を引き受け、店主の代わりを務めていた。

政之介は寺子屋を終え、若旦那として店に出るようになった。

呼び名は若旦那でも、実際は修業の身だ。年上の奉公人もいる中で、その者たちを差し置いて、一足飛びに仕事を覚えなければならない。

朝からぴったり伝治郎にはりついて、店の帳簿を確認し、品物を見て、客との応対をする。得意先には新しい品物を持参し、予約の客にはお届けもした。戯作者や絵師が持ち込む作品の、目利きもしなければならない。商品としての価値があるか、まったくの駄作かを見きわめる作業で、高い見識と、人としてのふところの深さも試される難しい仕事だ。

番頭の伝治郎は、持ち込まれた作品を、先に政之介に見せた。政之介の判断を聞いた後で、

「そうしましょう」

とか、

「それはいけません」

とかの意見を言う。言葉少なだが、あとでふり返ると、それはいつも正しい判断だった。

伝治郎は、父の先代、政之介の祖父の代から白子屋にいる。十二の時から奉公し、祖父と一緒に店を大きくしてきた人だ。父より一回りも年上で、祖父が亡くなった後は、若い店主の父を支えて、店主以上の働きをしてきた。

政之介が生まれる前から番頭を務め、お客さんや奉公人たちの信望も厚い。そのあたりのことがわかってくると、父の言葉が、改めて政之介の胸に響いてくる。

――「伝治郎のような腕のいい番頭がいなければ、店のあるじと絵師の両方など務まるものではない」

その伝治郎も、だいぶ年をとってきた。

自分が絵師になるのは、やっぱり無理かもしれない。そう思わざるをえない瞬間がある。

それでも、あきらめきれない政之介は、時間を見つけては絵を描きつづけていた。父は相変わらずあまりいい顔はしなかったが、以前のように厳しくとがめることもなかった。しかしそれは、白子屋を継ぐ、と政之介が約束したからである。絵師になるのはあきらめた、と思ってのことだ。

「これからは、刷り場にもちょくちょく顔を出してくださいましよ」

伝治郎は政之介に言いつけた。

「刷り場は源蔵さんに任せればいいいんじゃあ……」

政之介は、あまり気乗りがしない。

「白子屋の若旦那なんですから、店のことだけじゃなくて、刷り場のことも見ていただかないといけません」

白子屋の刷り場は、店の角を入った裏長屋にあった。

彫り師の源蔵と、刷り師の喜三次が、一日中、ものも言わずに仕事をしている。版木を彫る、シュッシュッという刀の音と、バレンと和紙がこすれあうゾリゾリという低い音が薄暗い部屋に響き、張りつめた空気がただよっていた。

それがどんなに大切な仕事か、ということはよくわかっている。そこがなければどんなに美しい浮世絵もおもしろい絵草子も、客の手には渡らない。しかし、その緊迫感は、自分の未熟さや甘い気持ちをあざ笑うようで、政之介には恐ろしくさえあった。

小さいころは、望んでもなかなか入れてもらえない場所だった。

仕事が見たくてたずねてみても、いちばん年長の源蔵は、にこりともせずに言ったものだ。

「子どもが来るところじゃありませんぜ」

結局、土間の外から職人たちの仕事ぶりを見て、しばらくすると源蔵にいさめられて帰る、というのが常だった。ようやく中に入れてもらえるようになったのは、政之介が正式に跡取りとして店に出始めてからのことだ。

それでも、うっかり座り込んだりすると、

「用がすんだら帰っておくんなせえ」

と、容赦なく追い出された。

角を曲がるとすぐに、板を彫る小刀の音が、小気味よく耳にひびいてくる。とたんに張りつめた空気があたりをつつみ、政之介は襟を正して、「よし」と気持ちを引きしめる。

ところが、今日は少し違った。その音がない。

ほどなくして、源蔵のどなり声がひびいてきた。

「何べん言わせるんだ。何度言っても分からねえやつは、とっとと、おっかさんのところへ帰るんだな！」

政之介は刷り場へ飛び込んだ。

「どうしたんですか、源蔵さん。そんなに声を荒げて」

聞けば、丁稚の平太が、試し刷りの失敗作を持ち出して、人にあげたというのだ。

平太は、ここに来て一年にもならない。刷り師や彫り師の才能があるかどうかもわからないまま、今のところは刷り場と店を往復しながら、掃除と雑用ばかりさせられている。

　相当きつくしかられたらしく、おびえて、声もだせずにしゃくりあげていた。

「それはまずかったな。平太だって、それは一番やっちゃいけないって、教わっていただろう」

「へい……」

「失敗作でも、人の手に渡ってしまえばそれは品物だ。源蔵さんの手が鈍った、白子屋は中途半端なものを売るようになった、って言われるんだぜ。そんなことになったら、もう商売はやってられないだろう」

　政之介は平太にさとした。

「へい、すんません」

「いったいだれにあげたんだい」

「……」

「それを取り戻してこねえことには、許されることじゃないぜ。さあ、だれにあげたんだい」

源蔵の前におびえきっていた平太だが、政之介の柔らかい口調に、ふっと口元がゆるんだ。

「おユキさんです……」

今度は政之介の声が荒々しくなった。

「おユキだって。おユキがほしいと言ったのかい」

「はい……」

「おユキがいつそんなことを言ったんだい。ここにたずねてきたのかい」

「削りくずをお持ちしたときに……」

刷り場には毎日、大量のごみが出る。版木の削りかすや紙くずなど、掃除しても掃除してもきりがない。それをくり返しかき集めて掃除をするのが、平太の仕事だ。そのごみは、夕方になるとまとめて店の奥に届けて、かまどのたき付けにしていた。

店に帰ってユキを呼ぶと、ユキは前かけで手をふきながらやってきた。

政之介がわけを聞くと、今度はユキが、ぽろぽろと涙をこぼした。

それは、政之介がユキを描いた絵だった。

父に頼みこんで、はじめて錦絵にしてもらった絵だ。清長の錦絵の四半分（四分の一）ほどの、小さい判で刷り上げたものだった。ユキには出来上がりを見せはしたが、持たせることはしなかった。

給金もなしに働いているユキのことだ。ほしくても、買うこともできない。自分を描いた絵を手元に置きたかったら、こんな方法しかなかったのだ。

「すみません。平太さんは悪くありません。悪いのはわたしです」

ユキは床に這いつくばるように小さく丸くなって、頭を下げた。その思いのほかの小ささに、政之介は胸をつかれた。

これまで、何度もユキを手本に描いている。政之介が呼べば、ユキはいつでも、政之介の前に座った。それをユキがどう思っているのか、政之介は考えたことがなかった。

自分より年下のおユキや平太が、親元を離れ、寺子屋にも行かずに働いている。そのことに疑問を感じることもなく、用を言いつけ、ときにはしかりつけ、手本にして絵を描いた。

けなげに奉公する二人の気持ちを、自分は理解しているのだろうか。気持ちも寄せないまま、ただ言いつけて座らせて、姿かたちだけを写し取る自分の絵に、いったいどれほどの価値があるだろう。

「わかったよ。もういいから、今度から、気に入った絵があったらお言いよ」

丸まったおユキの姿に、ここに来た日の小さな薄い背中が重なった。

6　耕書堂

四年の歳月が流れた。

年号も変わって寛政三年（一七九一年）。政之介は十六歳になった。

久しぶりに弥吉が訪ねてきた。

弥吉は家業の魚屋を継いでいる。長屋住まいの小さな店は、乾物や干物を置いて、母親が細々と商いをしていた。弥吉と父親はその日の売れ筋を予想して、あちこちの町まで売り歩くのである。

朝、暗いうちに魚河岸に行き、魚を桶に入れて天秤棒の両端に下げ、売り歩く。棒手売りが転じて「ぼてふり」と言われる、江戸の一般的な商売人の姿だ。

仕入れた魚が売り切れたら、その日の仕事はしまいになる。売れ行きがよかった日は、まだ明るいうちに手があいて、そんな日、弥吉は政之介を訪ねた。

「こないだ、木場の近くまで行く用があってさ。勘助の店まで行ってみたんだ」

そこで運よく、勘助と立ち話ができたという。

「今度のやぶ入りには帰るってさ」

「勘助とも久しぶりだなあ、元気だったかい」

「元気、元気。帰ったら、政ちゃんにたのみがあるって言ってたよ」

「なんだい、たのみって」

「へへ、どうやら、いい娘がいるらしいぜ。絵を一枚、見立ててほしいってさ」

「錦絵か。贈りものかい」

「だろうな。勘助が一人で錦絵を飾って見るとは思えねえ。へへ、いよいよ跡取りだぜ、勘助のやつ」

「ふーん、いやらしい笑い方、するな」

「政ちゃんだって」

二人は、わき腹をつつきあった。

勘助は真新しい黒羽織を身につけ、若旦那のような身なりで帰ってきた。

「おい、立派じゃねえか」

弥吉がからかうと、勘助は照れるでもなく言った。

「おかみさんが揃えてくれたんだ。でも、ちょいと大げさだな」

「ま、いいやな。で、錦絵はどんな娘にあげるんだい。まさか、おかみさんにみやげ、ってわけでもないだろう」

「うん、まあ……」

勘助はやっと、少し照れた。

錦絵は近頃、娘たちにも人気だった。絵とはいっても版画で量産するので、低価格で手に入り、娯楽の少ない庶民の楽しみの一つだった。

花街の女性や歌舞伎役者を描いた豪華なものは、みやげ物や鑑賞用として男たちが買い求めたが、町娘や子どもを描いたものも多くなって、娘やおかみさんたちも競って買い集めるようになっていた。

白子屋があつかっている錦絵は、そういうものが多い。清長の美人画は、町娘や庶民の女性たちの暮らしぶりを描いたものが中心だし、政之介の絵も、ほとんどがユキや姉の佳代を描いたものだ。ときには、女中のキクや弥吉の働く姿もあった。それらが安心を買って、町のおかみさんや娘たちの客も多かった。

錦絵の売れ行きがいいので、このごろは政之介も、清政の名で店に絵を出していた。豪華な大判錦絵の半分か四半分ほどの判で、他の店にはおろさないのを条件に、父の許しが出たのだ。

「政ちゃんの絵は小ぶりだし、安いし、何枚でも買えるぜ。ほれ、これなんかどうだ」

弥吉は、政之介の不本意な気持ちなどおかまいなしに、自分が描かれた錦絵を手に取って笑った。

「おかみさんの親戚の娘で、店の奥で働いてるんだ」

「そうか」

政之介は納得した。

「その娘と一緒になって、あとを継ぐってわけだな」

弥吉も了解したような口ぶりで言った。

「そんなんじゃないよ。錦絵が好きだって言うから、おさななじみが地本問屋の跡取りだって言ったんだ。そしたら、一枚みやげにほしいって。人にあれこれ言わないでおくれよ」

勘助はあわてて口止めした。

「弥吉に口止めはきかないけど、じゃあ、やっぱり、清長の美人画がいいだろうな」

するとと勘助は、申し訳なさそうに言った。

「それが、歌麿がほしいって言うんだ」

「歌麿、喜多川歌麿か」

「だれだい、それ」

弥吉は首をかしげたが、喜多川歌麿は、最近にわかに人気を集めている、新しい絵師だった。

腕の良さには定評があり、白子屋の客も、歌麿の錦絵を所望する人が増えている。しかし伝治郎は、がんとして歌麿を仕入れなかった。

政之介は言ったことがある。

「おとっつぁんに遠慮しなくても、ほしがるお客さんがいるんだから、仕入れたらいいでしょう」

実際、鳥居の四代目になってからというもの、父は鳥居の家業の役者絵と門人の指導で手いっぱいで、美人画を描く余裕などなくなっていた。新作の美人画がほとんど入らないため、旧作の刷り直しや鳥居の役者絵、それに、町娘や子どもを描いた政之介の絵で、しのいでいたのである。

それでも伝治郎は、首を縦にはふらなかった。

「飾って、ほう、と感心するのは歌麿かもしれません。ですが、見ていて自然と顔がゆるみ、気力がわいてくるのは、やっぱり清長さんです。錦絵っていうのは、そういうもんです」

伝治郎の信念はゆるがないが、政之介は一度、歌麿を見てみたいと思っていた。歌麿を見るには、耕書堂へ行かなければならない。

耕書堂は日本橋小伝馬町にある、江戸随一の地本問屋だ。

あるじの蔦屋重三郎は、新人の戯作者や絵師を発掘しては次々と売り出し、人気作家に仕立てあげる、神業的な眼力と手腕を持っていた。喜多川歌麿も、そうして登場してきた一人だ。

商売敵というには規模が違いすぎる。しかし、白子屋に歌麿はおいていない。時が来れば、白子屋の跡取りとして、清長の息子として、きちんとあいさつに行かなければならない場所でもあった。

「よし、じゃあ、歌麿の絵を見に行くか。清長とか白子屋とか、絶対に口にしないでおくれよ」

「お、おしのびか。おもしろくなってきたぜ」

勘助と政之介のとまどった顔に、ひとり浮かれている弥吉を加えて、珍道中の買い物だ。

小伝馬町までは、日本橋を渡って一刻もかからない。

白子屋の倍はありそうな広い間口の店構え。蔦の紋を染めぬいた藍の大のれんが、遠くからでも人目を引いた。

「ほうー、豪勢だなあ」

飛ぶ鳥も落とす勢いの大店だ。堂々たる店構えの前に、政之介は少したじろいだ。

「のんきなこと言ってる場合じゃないだろう、政ちゃんの商売敵だぜ。おさななじみの勘助にまで出し抜かれちまってさ」

「すまないな、政ちゃん」

「気にするな。一度来てみたかったんだよ」

やぶ入りとあって、店内は閑散としていたが、居残り組とみられる数名が、棚の整理などをしている。

歌麿の錦絵は、すぐにわかった。

とりすました女の顔が、大判の画面いっぱいに描かれている。

美人画はふつう全身を描く。立ち姿でも座っていても、女性の全身の柔らかさやしぐさを表すのが、美人画の常識だ。くわえて、着物や帯の色柄や着こなしまでを描いて、美しさを表現していた。

しかし、これはどうだろう。女の顔だけが画面いっぱいに描かれている。襟元までしか見えないのに、紙からはみ出した手足や身のこなしが、まるでそこにいるように、ありありと映って見えた。

こんな美人画は、見たことがなかった。

身動きもできずにいる政之介に、声をかけるものがあった。

「お気にめしましたか。歌麿の大首絵です」

「大首絵……」

「はい。歌麿さんが苦心して作り上げた、新しい美人画の手法ですな。本当にそこにいるようでございましょう」

その通りだった。目鼻立ちの整った女性が、実物に近い大きさで目の前にいる。鑑賞するという距離感ではなく、面と向かって会話できるような親近感と存在感だ。

政之介は圧倒された。

手本の姿かたちだけを写し取っても、それはしょせん絵でしかない。歌麿の大首絵はいまにも動き出し、語りかけてくるようだ。

――自分の絵はとうていおよばない。しかし……。

政之介は考えていた。

歌麿の美人画は完璧だ。だが、見ていて妙に居心地が悪いのはなぜだろう。

絵の中の女に射すくめられるようで、政之介は身動きもできずにいた。

「白子屋の若旦那さんとか」

我にかえって振り向くと、弥吉が、「すまん」と手を合わせた。

「当家のあるじでございます。やぶ入りなもので、みな宿下がりさせてしまいまして。不調法ですまんことです」

「蔦重さんですか」

「はい。大旦那さんが鳥居の四代目になられて、白子屋さんも大変でしょう。若旦那さんも相当な描き手とうかがっておりますよ。困ったことがあったら、いつでも訪ねてくださいまし」

「はぁ、ありがとうございます」

蔦屋重三郎、通称「蔦重」のお眼鏡にかなえば、必ず人気絵師になれる――。

それは噂ではなく、いまや誰もが認める真実になっている。

――この人に絵を見てもらったらどうだろう。

ふとそう思った。だが、政之介はその気持ちを振り払い、気にすまい、と自分に言い聞かせた。

初めて会った白子屋の跡取りに、軽くあいさつしてくれたのだ。

年は親子ほどに離れていても、店の規模は格段に違っても、白子屋は先先代からつづく町の老舗。一方の蔦屋耕書堂は、蔦重が一代で築き上げた新店である。清長のことも知っているし、初対面の清長の息子に、年長者の配慮として社交辞令を言っただけだ。

だが蔦重は、政之介が絵を描いていることを知っていた。いつでも訪ねて来い、と言ってくれた。その思いはその後も政之介の心のすみに居座りつづけ、いつしか大きな意味を持ってくるのである。

7　おユキの気持ち

「ところで、政ちゃん。おユキちゃんって、どんな娘だい」

勘助が尋ねた。

「どんなって、うちの奥で働いてる娘だけど」

ユキも今年、十二になった。七つの正月に、姉のキクに連れられて白子屋に来たときは、きゃしゃでおずおずとして消え入りそうだったが、いまでは明るく活発な娘に成長していた。

佳代に手習いを教わって、あらかたの読み書きはできる。裁縫や料理はキクが仕込んで、今では一人前の働き手になっていた。

「かわいい娘らしいな」

「そうだな。いつも絵の手本になってもらってるよ。店に帰ったら呼んでこようか」

「だめだ、だめだ。政ちゃんはそういうところがだめなんだよ」

弥吉があわてて首を振った。

勘助も笑いながら言った。

「政ちゃんは気が回らなすぎだぜ。いつも人の絵を描いてるんだろう。いったいどこ見て描いてるんだい」

政之介はどきりとした。

いつも人の絵を描いている。景色や道具より、人を描くのが好きだ。主にユキやお佳代が手本だが、ときには新々堂に行って子どもたちを描かせてもらったり、弥吉に手振り棒をかつがせて、その姿を描くこともあった。

だが、いくら描いても、父は認めてくれない。

錦絵にすることは許された。だがいつも、中判や四つ切判という小さなものだ。今度こそいい出来だと思っても、大判錦絵にはしてくれない。清長や歌麿のような大判錦絵でなければ、いつまでたっても、一人前の絵師にはなれないではないか。

政之助は一度、刷り場の源蔵に頼んだことがある。

「ためしに大判で刷ってくれませんか、店には出しませんから」

しかし、源蔵も喜三次も、決して首を縦にはふらなかった。

「大旦那さんの目は確かですよ。若旦那に意地をはってるだけじゃあ、ありませんよ」

伝治郎は笑っていさめた。

何かが足りないのだ。

父は教えてくれないが、きっと何かが足りないのだ。

姿かたちだけを写し絵のように描いていても本物の絵にはならない。自分はいったい、何を描きたいのだろう。

人の姿を借りて、ほんとうに描きたいことは何なのだ。歌麿の大首絵には、その何かが、あるような気がした。

「弥吉のやつ、どうやらその娘に、気があるらしいんだ」

勘助が政之介の肩をつついて言った。

「え、なんだって」

「ほら、それだ。政ちゃんはどうかすると、すぐにふわっと、気持ちがどっかに行っちまう」

そして勘助は、政之介の気持ちをさらにざわざわさせることを言った。

「政ちゃんはおユキちゃんのこと、どう思ってるんだ、ってことだよ。政ちゃんにも気があるなら、はなから弥吉に勝ち目はないからさ」

「どうって、おユキはうちの使用人だしなあ」

考えたこともなかった。

「だけど、嫁（よめ）に行くにはまだ早いだろ」

政之介（せいのすけ）はまた的外（まとはず）れなことを言った。

「だから、もういいって。政ちゃんにこういう話は、無理なんだよ」

ふてくされたように先を歩く弥吉（やきち）の背中（せなか）を見ながら、勘助（かんすけ）は、こんこんと話した。

どうやらおユキは、町内の男の子たちの注目の的らしい。まず色白でかわいらしい。ひかえめでおとなしいが、明るくて働き者だ。寺子屋（てらこや）にも行けなかったのに、読み書きもできる。

ところが当（とう）のおユキは、年上の、気の早い男の子たちがつぎつぎに声をかけても、まるで取り合う様子がない。弥吉は、ハラハラしながら見守っているというわけだ。

「どうも、思っている男がいるんじゃないかと、もっぱらの評判（ひょうばん）らしいよ。それが政ちゃんてわけさ。政ちゃんはどうなんだい」

「いや、そんな風に思ったことはないけど……」

そうだろうか――。

政之介は少し、自分の言葉を疑った。

おユキはいつも身近にいるので、絵の手本にはもってこいだ。しかも、お佳代ねえさんのように文句を言ったりせず、座っていろと言えばいつまでも座っている。立ち姿だって、政之介が筆を置くまで立っている。見かねて、お佳代にしかられたことがあった。

「いくらおユキがおとなしいからって、そんなに長いこと立ったきりさせたらひどいよ。少しはおユキの身にもなってごらんよ」

それ以来、立ち姿は、時間を区切るように心がけてきた。

その晩、いつものようにおユキを座らせて絵を描いていた。

手元の明かり一つでは、手本のユキがうす暗い。

「明かりをつけてくれ」

政之介が言っても、返事がない。

「ちょいと立っていいから、お前にも明かりを当てておくれよ」

もう一度言ってもユキは動く気配がない。

「おユキ、どうした」

少し声を荒げると、ユキはあわてて、

「はい、なんでしょう」

といった。

「なにをそう、ぼんやりしてるんだい」

ユキは正面に向き直って聞いた。

「政之介さん、おユキはこのお店には、いらないんでしょうか」

「何を言ってるんだい」

「お佳代お嬢さんのお嫁入りに、ユキもお供をするよう、いわれました」

お佳代はまもなく、嫁入りすることが決まっていた。人形町の呉服屋に嫁ぐことになっている。

武家の娘や大店の娘は、身の回りの世話をするものを一人か二人、ともなって嫁ぐこともめずらしくない。嫁入り道具として、自分の世話をやく人間は連れていく。嫁ぎ先に迷惑はかけない、ということでもあった。

母親のお登勢は、ねえやのキクに一緒に行くよう言いつけて、支度を進めていた。だが、当のお佳代が、ユキにも来てほしいと望んでいるというのだ。

「そうか……。それなら、ねえさんのこと、よろしくたのむよ」

「政之介さんはそれでいいんですか」

「いいって、しかたないだろう」

「絵の手本は、どうしますか」

「そうだなあ……」

「毎日、うかがいます。お店が終わる時間を見はからって、わたしがこちらに、まいります」

「そうはいかないだろう。ねえさんの立場だってあるし」

ユキは何か言いたげに政之介を見た。が、すぐに目をそらして口をつぐんだ。

「弥吉もがっかりするだろうなあ」

政之介は昼間の話を思い出して、ひとりごちた。

――弥吉ではない。がっかりしているのは自分ではないか。

政之助はふと湧きあがった自分の気持ちに驚き、あわてて首を振った。

実際、絵の手本がいなくなるのは困る。新々堂を訪ねて子どもたちを描かせてもらっても、おユキほど素直に、いつまでもじっと手本をしてくれる子はいない。

それがおユキの性分なのだと、政之介は思っている。ユキの自分への気持ちがそうさせていることなど、思いもよらない政之介であった。

「よし、今日はここまでだ。ねえさんに相談してくるよ」

佳代の部屋を訪ねると、

「やっぱりね」

と佳代は笑った。

「やっぱりって」

「おユキに言われたんでしょう」

「そうじゃないけど、お供をするのはおキクだけじゃだめですか」

しっかり者のキクはたよりになるが、嫁ぎ先の奥まわりの仕事に手を取られてしまうだろう。そうなれば、自分のそばで世話をやき、話し相手になってくれるひまはない。年下のユキもいてくれた方が安心だと、佳代は言った。

「政ちゃん、お店とおっかさまのこと、頼んだわよ」

「うん、わかってるよ」

「あと、ユキのこともね」

「えっ」

「おユキがここの方がいいなら、無理に連れて行かなくてもいいのよ。そのかわり政ちゃん、ちゃんとおユキの面倒見てあげてよ」

「……」

「あんな小さいうちに母親と死に別れてうちに来たのよ。ここでおキクとも離れ離れになるんじゃ、かわいそうじゃないの。政ちゃんがちゃんとおユキの面倒見てくれるなら、ここにおいていくわ。おユキもそれを望んでるようだしね」

おユキはいてくれた方が助かる。おユキもここの方がいいと言う。しかし、ねえさんが肩身の狭い思いをするのも気の毒だ。おユキには、

「いっしょに行ってやっておくれ」

というべきではないだろうか。

考えあぐねていたところに、嫁ぎ先の呉服屋から使いが来た。

「お上のご禁制のおり、お供の方はご遠慮いたします」

というのである。

あまり華美にしないよう、万事質素に、という申し入れだった。武家との付き合いも多い、呉服屋らしい気の回しようでもあった。

8 ご禁令

天明の大飢饉以降、農民や町人の暮らしは追いつめられる一方で、各地で一揆や打ちこわしが頻発していた。

お上は、あの手この手で民の暮らしを安定させようと試みたが、これといった妙案もなく、近ごろは、江戸にも失業者や浮浪者があふれていた。

ぜいたくな暮らしをつづけていた武家の生活も困窮し、役人たちの間には、賄賂や裏取り引きが横行した。

時の老中、松平定信は、寛政の大改革と称して旗本や御家人のぜいたくを禁止し、借金の帳消しや、高利貸しの金利引き下げなどを行った。幕府財政の立て直しを図ったものだが、それもすでに焼け石に水だった。

最近は、庶民にまでさらなる倹約を強要するありさまで、衣食住全般にわたって、値の張りそうなものはことごとく、製造、販売を取りしまった。庶民の一番の娯楽ともいえる歌舞伎興行も、中止や打ち切りが目立ってきた。

役者絵が本業の鳥居家は、とうぜんながら仕事が激減する。このところ父の清長が店にいる日が多いのも、そうした事情からだった。

「大旦那さんがいらっしゃると、さすがに安心しますな」

伝治郎が言った。

「なんだ、政之介ではやっぱりたよりにならんか」

「そんなことはございません。飲み込みも早いし、錦絵のことばかりでなく、草子や書物のこともよく勉強されています。ですが、大旦那と比べる方がおかしいというものですよ」

政之介は鳥居のことが気になった。

「それより、おとっつぁん。鳥居の方はこれからどうなるんですか」

「それなんだが……」

清長は腕を組んだ。

「歌舞伎がすっかりなくなるということはないと思うが、興行は減るいっぽうで、鳥居は人手を減らしてしのいでいる。それよりな、贅沢禁止のご禁令で、錦絵や洒落本までおとがめを受けそうな気配だ。気をつけないと、とんでもないことになりかねないぞ」

思い当たる節はある。

佳代が嫁いだときは、嫁入り行列をとりやめた。母の登勢がはりきって用意した婚礼衣装や家財道具も、人目を避けるように、何度かに分けて運び込んだ。お供も不要と言われたが、一人きりではあまりに心細いだろうと、先方にたのみ込んでキクだけをともなった。

「錦絵が禁令にひっかかったら、うちは立ち行きませんね」

「そのときは錦絵だけではなく、絵草子や浄瑠璃本、洒落本まで、いっせいに禁令を受けるだろうな。そうなったら、江戸中の地本問屋が立ち行かなくなる」

清長は店主の顔になって、「うーむ」とうなった。

「幸い白子屋は、先代からの書物の取引もある。そちらをすこしずつ復活させておいた方がいいかもしれん」

「承知しました。陳列も少し変えた方がよさそうですな」

伝治郎は早くも、陳列棚のまわりをうろうろし始めた。

錦絵や絵草子は奥にひっこめて、書物を前に出した。遠くからも目を引くように工夫した、錦絵のつり下げも外した。一目では、何の店かわからないほど地味になった。

「やむをえん。しばらくはこれでいこう」

「お佳代ねえさんの嫁ぎ先は、武家との付き合いも多いのでしょう。紹介してもらって、武家との取引をふやしたらどうでしょうか」

「ところが、その武家が一番、景気が悪いのだ。お佳代はこれから、苦労するかもしれんな」

父はそうつぶやきながら、また鳥居に出かけていった。


数日後、鳥居から火急の使いが来た。

「耕書堂の蔦重さんがお奉行所へ連れていかれました。おとがめは必至です。こちらも、錦絵は全部しまって、紅の絵の具をすべて処分するようにと、四代目からの伝言です」

「なんと！　それで、うちの大旦那さんはご無事ですか」

さすがの伝治郎も大声をあげた。

「だいじょうぶです。鳥居にもお調べが来ましたが、たいしたことはありませんでした。とにかく急いで。お役人が今すぐ来ないとも限りませんので。詳しいことはまた追ってお知らせに参ります」

「店はたのみます。刷り場に行ってきます」

政之介は伝治郎に言い置いて、店を飛び出した。

刷り場に駆け込むと、源蔵と喜三次に命じて、紅の絵の具をそっくり片づけた。

「なんてこったい。紅は高いんですぜ」

「だからだめなんですよ。華美で値の張りそうなものは、すべておとがめを受けるんです」

「紅がなくちゃあ錦絵じゃねえや。なんてえ世の中になっちまったんだい」

刷り師の喜三次は、紅の絵の具をすべて油紙で包むと、

「お店のお倉に閉まっておくんなせえ」

といった。

「大旦那は処分するように、って言ってるんだけど」

「捨てられるもんじゃありません。いいもの使ってるんですぜ。そんじょそこらの紅とはわけが違います」

紅の絵の具は、紅花の花びらを洗い、絞り汁ににかわを練り合わせて作る。紅花の産地によって、黄色がかった紅色や朱色がかった紅色があり、絵師や刷り師の好みとこだわりで使い分けられていた。

白子屋の紅は、朱色がかった鮮やかな紅色だ。この紅の一差しで、錦絵全体をぐっと華やかに見せる効果があり、清長の美人画には欠かせないものだった。

しかし、ここまで赤い紅を作るには、ひときわ赤く美しく咲いた花だけを選別して作らないとだめで、そのぶん値も張った。最上級品といわれる、出羽の国、最上の紅花が使われていた。

一度捨ててしまったら、ご禁令が解かれたとき、また同じものをそろえるのは至難の業だ。

「わかりました。では、おあずかりします」

「たのみますぜ、若旦那」

喜三次がはじめて、政之介を若旦那と呼んだ。

見習いの正吉と丁稚の平太は、試し刷りの錦絵から、紅の入ったものをすべて抜き取った。質素倹約を印象づけるため、版木や不要な紙はひもでくくり、すみずみに残った削りかすやほこりをかき出して、年末の大掃除よりもこざっぱりときれいになった。

「へ、これじゃあ、廃業したみてえじゃねえか」

源蔵がだれにともなく毒づいた。

耕書堂は身代半減の罰を受け、財産の半分を没収された。役人が大勢でやってきて、あっという間に店の間口の半分を、戸板でふさいでしまったということだった。

それればかりでなく、蔦屋重三郎が発掘し、人気を得ていたおかかえの洒落本作家、山東京伝が、手鎖五十日の刑を受けた。

一時は牢に入れられたものの、多額の保釈金を積んで釈放されてからは、五十日の間、両手を鎖で巻いたまま過ごさなければならなかったのである。事実上の、執筆活動の禁止であった。

政之介は弥吉を誘って、耕書堂に行ってみた。

数か月前に訪ねた時のにぎわいはなかった。屋根看板はおろされ、遠くからでも目を引いた藍の大のれんも外されている。店先に華やかにつり下げられていた錦絵も、全部、引き下ろされていた。

「耕書堂は、店じまいしちまったんですかい」

如才ない弥吉が、町内のものらしい二人組を見つけて尋ねた。

「やってるよ、細々とな。お武家さんの贅沢三昧のとばっちりで、蔦重さんも気の毒なこった」

「お上も保釈金が欲しかっただけだろうよ。なにしろ、京伝さんの保釈金はたいへんな額だったって話だからな。おまけに身代半分、没収じゃねえか。強盗みたいなもんさね」

飛ぶ鳥を落とす勢いだった蔦屋重三郎の、資産をねたんでのお仕置きだった。

「政ちゃんとこは大丈夫かい」

弥吉が心配した。

「うちは耕書堂ほどもうかってないからな。だけどうちも、錦絵や洒落本はひっこめたよ」

「政ちゃんがお縄になるようなことがあったら困るよ。おいら、保釈金払ってやれねえし、おユキちゃんだって……」

「弥吉に保釈金の心配させるようなことは、誓ってないだろうよ。心配するな」

お互い軽口で笑い飛ばしたものの、それぞれ少しずつ違う不安を抱えていた。

弥吉はどうやら、白子屋よりも、ユキの先行きを心配しているようだ。

政之介はこの先、絵を描いていけるのかが気がかりだった。

浮世絵や錦絵がすべて禁令にひっかかるようなことになったら、店はほんとうに大丈夫だろうか。父の清長だって、おとがめを受けることはないのだろうか。

そんなことになったら、自分はどうしたらいいのだろう。

漆黒の闇がひたひたと迫ってくるような、得体のしれない不安を、政之助は感じていた。

9 水茶屋

浅草の観音様界隈は、やかましいほどのせみ時雨。

だが、山門脇の水茶屋の二階には、ときおり涼しい風が吹きぬけた。

「おきたさん、ちょいとの間でいいから、ここにすわってくれないか」

「ちょいとだけですよ。お客さんいっぱいだから」

「ああ、わかってるよ」

政之介は筆を持ちかえて、おきたの襟足のおくれ毛を描きくわえた。

おきたは水茶屋「なにわや」の看板娘だ。江戸でも評判の美しい娘で、おきたを目当てに来る客で「なにわや」はたいそう繁盛していた。

政之介は画帳を一枚めくって、こんどは手元だけを描きはじめた。白い手首と、うちわの柄をつまむ細い指先が、ういういしい。

「まだかい、政ちゃん」

待ちくたびれて寝転んでいた弥吉が、むっくりと起き上がった。

「もうすこし」

おきたのことを教えてくれたのは、弥吉だ。

魚のぼてふりをしている弥吉は、近ごろはかなり遠くまで足を延ばすようになって、政之介にとっては、瓦版よりも早い情報源だ。

子どものころは、大人びてしっかり者の政之介が、弥吉の守りをするようについて歩いたものだったが、最近では、商売人で何事も目端のきく弥吉が、若旦那の政之介の付き人をしているような恰好だった。

「ほどほどにしないと、歌麿さんが来ちまったらまずいんじゃないかい」

弥吉は、心配とも催促ともつかない口調で言った。

「歌麿さんはしょっちゅう来るのかい」

政之介がたずねると、おきたは首を振った。

「あの方は花魁が好きなんですよ。ご禁令で花魁ばかり描いてもいられないから、たまにわたしなんかを描きに来るんです」

「そんなんじゃないと思うよ。おきたさんは、そんじょそこらの花魁よりきれいだぜ」

弥吉がニヤリとして言った。

「おい、弥吉。そんなに花魁のこと、知ってるのかい」

こんどは政之介がニヤリとした。

「よしてくれよ、政ちゃん。おいらみたいな貧乏人が、花魁のいる店なんかに行けるはずないだろう」

なにごとも倹約せよ、華美なふるまいや暮らしぶりは厳しく罰する、というお上の取り締まりは、武家や歌舞伎界だけでなく、庶民の日常生活にもおよんでいる。見せしめのように耕書堂と山東京伝がおとがめを受けたあとは、絵師たちも花魁や歌舞伎の女形の絵はなるべく避け、町娘や市井の女性たちを描くようになっていた。

　しかし、武家にも人気のあった歌麿はご禁制をものともせず、お上に挑戦するかのように、次々と意欲的な作品を発表していた。

「それより、政ちゃんとこは大丈夫なのかい」

「弥吉は最近、そればっかりだな。おいらを心配してるのかい、店を心配してくれてるのかい、それとも、ほかにだれか心配な娘でもいるのかい」

　勘のにぶい政之介も、さすがに近ごろは弥吉の気持ちに気づいている。政之介に用がなくても、店にふらりと立ち寄ったり、勝手口から入って魚を置いて行ったりしていた。おユキが注文したものか、弥吉の一方的な気持ちかは不明だが、食卓に魚介が上ることも多くなっていた。

「ご禁令もだけどさ、このところ絵ばっかり描いてて、あんまり店に出てないんじゃないのかい」

弥吉が遠慮がちに言った。

「なんだい、それもおユキの差し金か」

政之介は明らかに不満そうに、筆を止めた。

「違うよ。最近は、しょっちゅうおいらと出歩いてるじゃないか。こっちは夏場だからかまわねえけど、政ちゃんはいいのかい」

夏場の魚屋は、午前中が勝負だ。暗いうちから売り歩いて、日が高くなったころには店じまいしないと、魚の鮮度が落ちてしまう。政之介はそれを見越して、昼過ぎになると弥吉を誘ってあちこち出歩いた。

「店だって昼過ぎまではちゃんとやってるよ。客もばったりだし、番頭と手代だけで十分さ。いいだろ、お代はいつもこっち持ちなんだから」

「お代って……。そりゃあ、いつも払ってもらって悪いと思ってるよ。だけど、政ちゃんがどうしても、っていうから一緒にきてるんだぜ。だいいち、いまはそんな話してるんじゃないだろう」

弥吉もさすがに機嫌をそこねた。

「いったいどうしちゃったんだよ。最近の政ちゃんときたらさあ」

「最近のおいらが、いったいどうだっていうんだい」

「いや、その……」

八つ当たりだ、と政之介は思った。弥吉に八つ当たりしても仕方がないのも分かっていた。

耕書堂のおとがめ以来、地本問屋はどこも、商売あがったりだ。

滑稽本はふざけすぎ。錦絵は華美にすぎる。すべて風紀を乱すといましめて、質素で堅実な暮らしをせよ、というのがお上のお達しだ。

だが、錦絵は、大判一枚でそば二杯分ほど。滑稽本や絵草子も同じようなものだ。政之介の作品のように、小さい判で刷り上げた錦絵はさらに安価だ。そんな手軽さが受けて、長屋のおかみさんや子どもたちまでが、小遣い銭をためて買い求めるようになってきた。

　こうして、江戸の町人文化と言われるものが広がってきているのに、それをみんなご禁令で狭めてしまっていいものだろうか。そんなささやかな庶民の楽しみまで取り締まって、本当に景気が良くなるというのだろうか。

「お前はいいよ。魚は禁令には引っかからないだろう。毎日、尾頭付き、ってこともないしな。せいぜいがんばって商売繁盛するがいいよ」

「やめてくれよ、そんな言い方」

「本気だよ。うちなんか、おとっつぁんだってめったに店にいないし、大旦那はいない、錦絵はない、そんな地本問屋が長持ちするわけないさ」

　政之介はずっと、絵師になりたいと思ってきた。それでも、成長するにつれて、それだけでは生きてはいかれないと思うようになっている。

　大好きな絵を描く時間を削ってでも、店をちゃんとやらなくては、という気持ちも出てきているのに、その店の品物にさえ、お上の目が厳しくなっている。

禁令が厳しくなり、父も留守がちになると、店を切り盛りすることが自分の両肩に重くのしかかってくる。奉公人や家族の暮らしの先々まで、考えなければならない立場だ、ということもわかってきた。

その責任の重さを考えると、眠れないほど息苦しいことがある。

父は相変わらず、鳥居家四代目と、白子屋店主の二足の草鞋だ。

芝居小屋の数も、歌舞伎興行も減っている。絵看板や配役表の仕事も減っている。それでも、芝居が見られない分、せめて役者絵でも持っていたいという人々の心意気に支えられて、役者姿の錦絵は、何とか売り上げを維持していた。

だが、華やかな錦絵や美人画は、とんと見かけなくなった。政之介が好きな清長の美人画もすっかり鳴りをひそめ、近頃の美人画は歌麿のひとり舞台だ。

「最近は歌舞伎もさっぱりらしいけど、清長さんは、やっぱり鳥居の方に行きっぱなしなのかい」

家族や家業のことを考えなければならないのは、弥吉も同じだ。

何十年もぼてふりで町中を走り回っていた父親が、この春先、腰を痛めてしばらく寝込んだ。そんなことは初めてだった。

そろそろゆっくりさせてやらなければならない年齢でもある。一人息子の自分の背負った荷の重さを、ひしひしと感じている。だからこそ、大店を背負っている政之介の息苦しさは、理解できるつもりだった。

「役者絵だけじゃないのさ。五代目を育てないと、自分はやめられないだろ」

清長は鳥居の家系ではない。しかし、他家に嫁いだ三代目の娘に男子が生まれたのをきっかけに、その子が成長するまで、という約束で四代目になった。

四代目になるということは、鳥居の家業を継ぐこと以上に、鳥居代々の名跡を継承するという重い責任を負っている。生まれたばかりの男の子を絵師にし、五代目として育て上げることが、何よりも大きな役目である。自分の代で家系を途絶えさせるわけには、絶対にいかないのである。

「政ちゃんが五代目になればいいじゃないか。清長さんの息子なんだし、絵だって、だれにも負けないだろう」

「いいかげんなこと言うな」

思ったことがないわけではなかった。

自分も父のように絵師になり、店は番頭や手代に任せることができたら、どんなにいいだろう。

鳥居の跡を継げというなら、喜んで継いでやる。役者絵だって、だれよりも上手に描いてみせる。仕事のあいまに美人画も描ける。

白子屋の刷り場は腕がいい。役者絵だって美人画だって、源蔵と喜三次の手にかかれば、ほかには負けない錦絵が出来上がるに決まっている。

だが、政之介は鳥居の跡取りではなく、白子屋の跡取りだ。

「そんなことができれば、とっくにそうしてるさ」

何度もくり返し自分に言い聞かせている言葉を、政之介は今一度、つぶやいた。

10 出奔（しゅっぽん）

その日はめずらしく、父が早めに帰宅（きたく）した。鳥居（とりい）の仕事が一段落（だんらく）したので、数日はこちらにいられる、と言った。

政之介（せいのすけ）は、今日しかないと思った。

「おとっつぁん、お話があります」

「なんだ、改まって」

「鳥居に入門させてください」

「なにを言ってるんだ、いまさら」

思ったとおり、父は全く取り合おうとしない。

「わたしはもっと絵が描きたいんです。いまのままじゃ店だって先が見えないし、絵だって、おとっつぁんが見てくれるといってもめったに戻って来られないじゃありませんか。もっといい絵を描いて、白子屋でなければ手に入らない、っていう錦絵を作りたいんです」

「鳥居に入ったら役者絵ばかりで、自分の好きな絵を描くことなど、できなくなるぞ」

「役者絵だって描きます。わたしのためだけじゃありません。わたしが入門すれば、少しはおとっつぁんの助けにもなるんじゃないですか。おとっつぁんは近ごろ、忙しくて自分の絵を描く暇もないじゃありませんか。手伝わせてください。もっと清長の美人画が見たいんです。わたしがもっといい絵を描いて、清長の美人画が復活すれば、白子屋のお客さんだって戻ってきます」

いつになく雄弁な政之介だった。

だが、父は冷めた口調で言った。

「最近はどんな絵を描いてるんだ」

政之介は父を自分の部屋にともなった。

浅草の水茶屋「なにわや」のおきた、両国のせんべい屋「高島屋」の娘おひさ、歌舞伎役者、岩井半四郎の舞い姿『江戸紫娘道成寺』。いずれも最近の自信作で、大判の紙に描いた。こんどこそ、大判錦絵に仕上げたいと、父に頼むつもりだった。

父は立ったまま腕組みをして、しばらく眺めた。

政之介にとっては長い時間だった。

やっと口を開いた清長の言葉に、政之介は耳を疑った。

「そろそろ潮時だな。絵はもう、しまいにしなさい」

「え、いまなんと」

「よくここまで来たな。立派な出来だ。しかしこれ以上は伸びん。この辺でしまいにしなさい」

「何を言うんですか。まだまだこれからです。このままでは江戸の美人画は歌麿さんのひとり舞台になってしまいます。もっと描きたいんです」

それも清長にとって気がかりなことだった。歌麿の美人画は秀逸だ。華美で傲慢で自分の画風とは違うが、しばらくの世、歌麿の右に出るものは現れないのではないか。絵師としての勘だった。

そして、もし現れるとしたら、わが子清政かもしれないという、おそれにも似た不安もあった。だが……。

「美人画の時代はもうすぐ終わる。美人画は歌麿でしまいだ」

「その先はどうなるんですか」

「さて、どうなるかな。役者絵か、名所絵か」

「ご禁令のせいですか」

「それもある。あるが、これも、世の流れというものだ」

「じゃあ、白子屋はどうなるんです」

「白子屋は錦絵がこれほどはやる前から、のれんを挙げている。初心にかえって、書物で地道にやっていけばいい」

「それでは話が違います」

政之介は絵が好きで、錦絵が好きだから、白子屋の跡を継いでもいいと思ったのだ。絵を描きつづけることもできると思ったのだ。

「清長さんが描けばいいじゃないですか。おとっつぁんが忙しすぎるのです。鳥居の仕事のほかに五代目を育てなきゃならないからでしょう。でも、庄太郎さんはまだ小さい。わたしが鳥居の門人になって、五代目になってもいいです。そうすれば、おとっつぁんが美人画を描くことも、店に戻ることもできます」

父の顔色が変わった。

「お前が五代目だと。うぬぼれるな。ありえん話だ」

口が過ぎたと、政之介も思った。

「鳥居の名を入れたのも、そういうつもりか」

「いえ、そんな……」

政之介は今回の絵に、「鳥居清政」と名を入れた。「清政」でなく、「鳥居清政」と入れたのははじめてだ。納得のいく仕上がりだったので、尊敬する絵師、鳥居清長の息子であると示したかった。

しかることはないと、父は自分に言い聞かせた。

だが、このまま鳥居清政の絵が出回ったら、世間は清政を鳥居の跡継ぎと思うのではないか。それほどの出来栄えである。しかし、それでは、鳥居の家系を自分たち親子が乗っ取ることになりかねない。代々続いた白子屋の店も、途絶えかねない。

「いい機会だから、話しておく」

政之介が口を閉ざしたのを機に、父は改めて座りなおした。

「鳥居の庄太郎は今年、六つだ。まだほんの子どもだが、なかなかいい筋をしている。そこそこの絵師になるだろう。まもなく正式に入門させて、五代目になる修業を始める。いいか。お前は白子屋の跡を継ぐんだ。鳥居に入門することなど、できない相談だぞ。ましてや五代目だなんて。冗談でも、二度と口にするな」

父もうすうすは気づいていた。

最近の政之介が、ますます絵にのめり込んでいるのは、お登勢や伝治郎からも聞いていた。家に帰るたびに、政之介の画帳を見るのが楽しみでもあり、恐ろしくもあった。

政之介は確実に腕を上げている。絵師としてやっていく力も十分ある。庄太郎でなく、政之介が鳥居の生まれだったなら、すぐにでも五代目になれたろう。それを認めてあげられないのが不憫でもあった。

しかし、自分の役目は、庄太郎を五代目に育てることだ。それ以外の道はなかった。

ここまできたら、厳しく言うしかなかった。

「そんなことも分からずうぬぼれているなら、今すぐ、絵をやめなさい」

「何をいきなり、そんなことを言われるのですか」

「お前がのぼせているからだ。これ以上見過ごすわけにはいかん」

「すみません。久しぶりに満足いくものが描けて、少し浮かれていました。五代目なんて本気じゃありません。よそで口にしたこともありません」

「いや、だめだ。これ以上描いても、お前の才能はここまでだ。伝治郎やおっかさまにも、どれだけ心配かけてると思ってるんだ。もう、店に専念しなさい」

いつも穏やかで威厳のある父が、めずらしく激高し、大声を上げた。

「絵が描けなくなるくらいなら、店を継ぐこともできません」

「だったら店も継がんでよい。手代の中から有能なものを選んで継がせるまでだ」

となりの部屋で聞き耳を立てていたお登勢が、あわてて顔を出した。

「あなた、それではあんまりですよ」

「甘やかすな。いつか、はっきり言わなければいけなかったのだ」

政之介は母を突き飛ばすようにして、部屋を飛び出した。

「伝治郎、政之介を止めておくれ」

「若旦那、お待ちください。坊ちゃん……」

お登勢の甲高い声と、伝治郎のしゃがれ声が、政之介の背後で交錯した。

11　芝居(しばい)小屋

どこをどう歩いたろう。

暗闇(くらやみ)の町を、当てもなく歩き回った。

父の声が、耳から離(はな)れない。

――「絵はもう、しまいにしなさい」

――「これ以上は伸(の)びん」

橋の欄干(らんかん)に頭を打ち付けて、父の声を振(ふ)り落(お)とそうとした。

いっそ描(か)けなくなればよいと、右手がはれるまで打ち付けた。

やってくる大八車(だいはちぐるま)の下に右手を差し出した。が、人にどなられ、体当たりさ

れて、道の端に引きもどされた。

やがて人気もなくなり、雨が降ってきた。

疲れ果て、大きめの軒を見つけて座り込んだ。


気がつくと、天井の高い、板張りの部屋らしきところにいた。政之介は、柱にもたれて眠り込んでいたらしい。

高窓から、明るい日ざしが差し込んでいた。

見知らぬ男たちが大勢、動き回っている。

「起きたかい」

男が一人、声をかけてきた。

「どこですか、ここは」

「覚えてねえのか。ここは森田座だ。芝居小屋だよ。ゆうべ、この前でうずくまってたから、中に入れてやったのよ」

「そうですか……」

頭がガンガンと痛んだ。

「何があったか知らねえが、尋常じゃなかったぜ。びっしょり濡れて、体中冷えきっちまってよ。気付け薬に一杯飲ませたら、そのままひっくり返っちまったんだ。酒は初めてだったのかい」

「……はい」

「帰るとこはねえのかい」

「……」

「なんだい、はっきりしねえな。まあ、いいさ。ここはみんな行く当てのない連中ばかりだ。好きなだけいりゃあいいさ」

男は幅広の刷毛で、畳ほどの大きさの板に、絵を描いていた。さくらの花びらが一面に舞っている。

「なんですか、これは」

「芝居の書割（背景画）だよ。おれらは道具方でな、道具を作ったり書割を描いたりして、芝居を盛り上げるのが仕事さ」

政之介は目を見張った。十年以上、毎日のように絵を描きつづけてきても、こんなに大きな絵は描いたことがなかった。

政之介の目に生気がよみがえったのを見て、男が言った。

「絵は好きか」

「……」

「やってみるか」

政之介は刷毛を受け取った。赤くはれた右手が痛んだ。

うす墨で一気に線を引くと、桜吹雪の中に、古木の枝が生き生きとうねった。

「ほー、いいじゃねえか。使い物になりそうだぜ」

「はあ……」

「名はなんていうんだい」

「政……、政吉です」

「おいら定八だ。よし、じゃあ、もう一枚、描いてもらうぜ」

　定八と名乗った男は、この芝居小屋の裏方を仕切っているようだった。大柄で、張りのあるだみ声には威圧感がある。だが、言葉のはしばしと、笑ったときの目じりのしわに、人柄の良さがにじみ出ていた。

「芝居もすっかりすたれちまってな。たいした仕事もねえし、行くとこがある連中はみんなよそへ移っていったが、空っぽにするわけにはいかねえやな。いつ声がかかってもいいように、支度だけは整えておかねえとよ」

　定八よりも少し年上らしい男が、笑いながら政之介の肩をたたいた。

「若いの、定八にだまされるなよ。芝居が好きでたまらねえ連中が居座ってるだけさ。さっさとよそへ行った方がいいぜ」

　政之介は政吉と名を変え、ここで芝居の書割や、舞台道具を作って暮らすようになった。

絵をやめるよういわれて家を飛び出したのに、転がり込んだ先でもやはり絵を描く羽目になった。皮肉なめぐり合わせに、政之介は苦笑いするしかなかった。

だが、仕事は楽しかった。

多少あらっぽいが気のいい男たちが、黙々と仕事をし、夜になったら大部屋でざこ寝し、熱っぽく語り合う。いままでの政之介の生活にはなかった事ばかりで、新鮮だった。

朝から晩まで、一日中、絵を描いた。

絵の具と紙と時間は、いくらでもあった。

手があいた時は、好きな絵を好きなだけ描いてよかった。

絵ばかり描いているとしかるものもいない、政之介の正体を、あれこれさぐって詮索するものもいなかった。

さしずめ、仕事にあぶれた下っ端絵師か、奉公先を追い出されたどこぞの手代だろう。あるいは身なりがいいから、お店の若旦那が遊びすぎで勘当でもされたか。そんなところだろうと思われていた。だが、それはどうでもよかった。そんな若者は、不景気の江戸にはいくらでもいたのである。

雨の晩に転がり込んできた行く当てのない若者が、とびきり絵がうまかった。それだけで十分だった。

しかし政之介は、素性が知れそうな美人画はやめて、大部屋の男たちの似顔絵や、書割風の景色などを描いては、定八に見せた。そのたびに、男たちは腕前の良さに驚き、称賛の声を上げた。

たまに芝居が打たれたときは、舞台のそでで一部始終を観察して、描きつづけた。

役者の生き生きとした表情と、鍛え抜かれた肉体。このご時世にどこで調達したのかと思われるような、豪華で華やかな衣装や被り物。観衆の喝采を浴びたときの、役者の何ともいえない達成感や上気した息づかいまで、身近に感じ、感動しながら筆を走らせた。

木々が芽吹き、青々と茂り、やがて色づく季節になっても、政之介の暮らしは変わらなかった。

年も改まってしばらくたったころ、定八が、身なりの整った男を連れてきた。

「政吉、お前さんに客人だ」

政之介には見覚えがあった。

蔦屋重三郎だ。

禁令で処罰を受けていらい、初めて見る蔦重の姿だった。少しやつれて老け込んだようだが、その分むしろ、温和な雰囲気を漂わせていた。

蔦重は政之介を認めると、一瞬、驚きの表情を浮かべた。

それから得心したように、

「何も言うな」

と目で制して、定八に言った。

「達者な絵を描く若いのってぇのは、こちらですかい」

「へい、さようで」

蔦重は政之介に向き直って聞いた。

「政吉さんとやら。お前さんの腕前を見せてもらいたいんだが、ちょいとうちへ来てみませんかい」

政之介は返事に迷った。まだ事態がのみこめない。

定八が言った。

「この方はな、江戸一番の地本問屋、耕書堂の蔦重さんだ。うちの小屋に、とんでもなく達者な絵を描く若いのがいるってうわさを聞いて、わざわざ寄ってくだすったんだよ」

「はあ……」

「またかい、はっきりしねえな。蔦重さんに見初められるなんて、天地がひっくり返ったってあることじゃねえぜ。おれらに遠慮することたぁねえ、早く行っちまいな」

蔦重と連れ立って歩いては目立ちすぎる。

政之介は暗くなるのを待って、耕書堂の勝手口に立った。

「政吉と申します。こちらの大旦那さんに……」

「へえ、聞いております。こちらへ」

若い手代は、店の裏手にある土蔵に、政之介を連れて行った。

「こちらでお待ちください」

ほどなくして、蔦重がやってきた。

「やはり、白子屋の若旦那でしたか」

「……はい」

「みなさん心配しておいでですよ」

「店のみんなはどうしてますか」

「みなさん、お変わりありません。すぐにもお連れすべきところですが、だいたたいの事情は察しがつきます。まだお帰りになる気になれないんでしたら、しばらくここで、絵を描いてみませんか」

「しかし……」

「こんな部屋で申し訳ありませんが、悪いようにはしません。美人画でも役者絵でもなんでも結構です。清長さんの秘蔵っ子の、あなたさんの腕を見たいんですよ」

「秘蔵っ子なんて……。清長は、わたしを認めてはくれませんでした」

「何をおっしゃいますか。認めてますよ。認めてるから、筆を折らせようとしたんじゃありませんか」

「わかりませんね、そんな話」

「あなたが絵師をつづけていたら、鳥居のお家はつぶれます。あなたに勝る跡継ぎはいませんからね」

「鳥居をつぶす気なんて、わたしには毛頭……」

「おとなにおなりなさいな、若旦那。清長さんは、あなた以上にお辛かったと思いますよ」

「……」

「明日の朝、道具を持ってこさせます。口の堅い者を一人つけますから、なんでも言いつけてくださいまし。今日はゆっくり休んで」

翌日から、政之介は片時も筆をはなさず描きつづけた。芝居小屋で観た役者たちの顔、手本などなくても、すべて頭の中に入っていた。衣装や被り物、大見得を切ったときの手の返し……。

人気役者たちの姿はすべて、舞台のそでから盗み見て描いていた。それを思い出すだけで、自然と筆は運んだ。

――「美人画はしまいだ」

――「お前はここまで」

――「これ以上は伸びん」

清長の言葉を思い出しながら、たたきつけるように、激しく線を引いた。書割で鍛えた大胆な筆遣いや奔放な線も、不安なく引けた。

数日して、蔦重がやってきた。

部屋中に散らかった絵を、一枚ずつ手に取って見ては、重ねていった。

清長そっくりと言われた清政の線ではなかった。無骨で荒々しく、何かに憤っているような、たたきつけるような線だった。そのくせ、いまにも動き出しそうな、血の通った生々しい生命力があった。

「すばらしいですよ、政之介さん。これを錦絵にしましょう」

「とんでもない、好きに描かせてもらえるだけで十分です」

「ほんとにそうお思いですかい。これだけ描けたら錦絵にしてみたい、お客の反応を見てみたい、と思うのが道理でしょう」

「いや、でも……」

「なあに、心配はいりません。名を変えればいいんですよ。名前を変えて、そうだ、黒雲母の雲母刷りで、思いっきり派手に打って出ましょうぜ」

　雲母刷りは、雲母や貝殻の粉を絵の具にまぜてぬり込む手法で、背景などに使われた。しかし、一歩まちがえば派手で悪趣味にもなりかねないため、ひんぱんには使われない手法だった。意表を突くやり方で一矢報いたいという、蔦屋重三郎の反骨精神でもあった。

「雲母刷りの役者絵ですか。あまりにしゃらくさいんじゃありませんか」

「しゃらくさい、上等ですよ。ようがす。それにしましょう。名は写楽でどうです」

「写楽……」

　後世に名を残す天才絵師、東洲斎写楽の誕生だった。

　蔦重と写楽はその年五月、役者大首絵を二十八点、すべて大判の雲母刷りで一気に発売するという豪胆さで、華々しく売りだした。

　折しも前年、老中、松平定信が失脚したのを機に歌舞伎も復興し、江戸の町は活気を取り戻そうとしていた。それからわずか十か月ほどの間に、百三十点をこえる役者絵を出版し、沈滞していた世間の芝居熱と浮世絵熱を一気にわかせ、一世を風靡したのである。

しかし、のちに傑作といわれる写楽の作品は、売りだし当初の大首絵が中心だった。その後は急速に気持ちの迷いと筆力の衰えが見られ、作品としての精彩を欠くと評するものもあった。

12　ふたたび

一方、本材木町の白子屋では、政之介の行方を案じていた。

二、三日もすれば帰ってくると軽く考えていたが、十日たっても、二十日たっても戻らない。

母のお登勢は弥吉を呼んで、裏長屋などに見かけない若者が転がり込んでいないか、聞いてまわるよう頼んだ。

おユキは毎朝、毎晩、町中をさがし歩くのが日課になった。弥吉が何か聞いてくると、弥吉と一緒にうわさの主まで会いに行った。

父は、

「そのうち帰ってくる」

と、取り合わない。しかし伝治郎には、地本問屋仲間にそれとなく様子を聞き、美人画の新人がいたら探るよう伝えていた。

それでも政之介の行方は、ようとしてつかめなかった。

二度目の春を迎え、店に絶望の色が漂い始めたある日、得意先から帰った手代のひとりが、伝治郎に一枚の絵を見せた。

「耕書堂さんが、こんなものを売り出したようです」

雲母刷りの役者大首絵だった。

「なんだね、これは」

意表を突く作品だった。

見開いた両目と真一文字の口もと、誇張された両手の指の開き、にらみ返した役者の表情が、力強さとともにありありと表現されている。

とても、美しい絵とは言えない。しかし、下品でもない。役者本人の心意気と人間味までさらされて、見る者の目をくぎ付けにした。

「東洲斎写楽か。聞かない名だね」

帳場に座り込んだまま、伝治郎は首をかしげた。

翌朝、伝治郎は耕書堂を訪ねた。

蔦屋重三郎は留守で、代わりに、大番頭が帳場に座っていた。

「写楽さんというのは、どんなお方ですか」

伝治郎がたずねると、大番頭も詳しくは知らないと言った。

「当家のあるじが、うわさを聞きつけて会いに行ったのです。なんでも、芝居小屋にいた方らしいですよ。素性は知れませんが、なかなかの腕前です。まだお若いそうですが、そうとう修業を積んだのかもしれませんな」

「いまはどちらに」

「さて、それは、あるじにしかわかりません」

禁令の処罰を受けてふさぎ込んでいた耕書堂が、息を吹き返したように活気にあふれていた。

伝治郎は、弥吉を訪ねた。

「うちの店のものを動かせば、ことが大きくなる。ここはひとつ、弥吉さんにすがるしかないんですよ」

「わかりました。任せてください」

弥吉は、ぼてふりの足を耕書堂と芝居小屋周辺にまでのばして、聞き歩いた。

当時、江戸の芝居小屋は中村座、市村座、森田座の三座。いずれも大川をさかのぼった猿若町に集中していた。本材木町からはかなりの距離になる。この辺りに政之介がいるのだとしたら、おユキがいくら探し回っても見つかるはずはなかった。

あるときは客のふりをして、耕書堂を訪ねた。

「写楽さんとやらは、どちらのお方なんですかい」

だが、店の者たちは、だれも写楽に会ったことがないと言った。

三月ほどもたったろうか。猿若町の森田座の勝手口で、キセルをふかしながら談笑する一団があった。

「政吉ほど腕のいい奴はいなかったな」

「なにしろ蔦重が見に来たくれえだから」

弥吉は耳を疑った。

「おい、政吉ってのはだれだい。政之介じゃねえのかい。蔦重って耕書堂の蔦重さんかい」

男たちは、突然割り込んできたぼてふりの若者に、怪訝そうな顔をして言った。

「政吉は政吉だ。どこのだれかなんて、知らねえよ」

そのころ、伝治郎も、ある確信を得ていた。

蔦重がここまで秘密裏に進めているということが、かえって奇妙だった。

写楽という人物は、よほど明らかにできない事情を抱えているに違いない。

この絵は素人に描ける絵ではない。達者な絵、という域を超えている。相当な筆の使い手が、自分の線を曲げて、別人のふりをしているとしか思えないのである。

しかも、まだ若い絵師だという。

その人物といえば、心当たりは一人しかいなかった。

政之介は、写楽が世間を沸かしていることなど、どうでもよかった。好きな絵が好きなだけ描ける、ただそれだけで十分だった。

しかし、耕書堂の土蔵と芝居小屋を往復するだけの人目を避けた暮らしも、半年もすぎれば嫌気がさしてきた。

描いても描いても、何か物足りない。被り物やあでやかな衣装を身につけた役者の美しさは、作り上げた美しさだ。衣装を脱いで化粧を落とせば、熟練した老齢の役者だったりする。そこには、磨き上げた芸と技の秀麗さはあっても、政之介が描きたい美しさはなかった。

もっと生身の人間を描きたい。生き生きとした生命力にあふれる、生活者としての娘の美しさを描きたい。

それは、つまり、おユキだった。

おユキの姿を描かなくなって、ずいぶんと時がたった。

目の前に座ってとりすました表情のユキ、しかられて目を赤くしていたユキ、洗濯しながら水あそびにはしゃぐユキ、火吹き竹をくわえてほっぺをふくらますユキ……。

地味な着物しか着ないので、姉の佳代に頼んで明るい色の髪飾りをさせたり、ときにはうすく紅を引かせて、描いた。

白子屋に来たときはきゃしゃで弱々しく、切ないほどだったユキの表情が、次第に明るく生気に満ちてきた。

背丈が伸び、ふっくらとした娘の体つきになるにつれ、ひかえめだがよく笑う、快活な娘に成長していった。その一部始終を、政之介は画帳におさめてきた。

自分の絵は、ユキの成長とともにあったのだ。

姉の佳代が嫁ぐとき、ユキの面倒を見るつもりがあるのか、尋ねられた。深く考えないまま、うなずいた。それは、白子屋にずっといてもらう、暇は取らせない、ということだけではなかったはずだ。

わかっていたのに、気付かないふりをして、自分の気持ちを確かめるのを避けてきた。

おユキは今頃、どうしているだろう。自分を心配してくれているだろうか。このままずっと、こんな暮らしをしているわけにもいかない。店に戻るか、いっそすべてを捨てて旅にでも出るか、自分の気持ちに決着をつけなければならない時期だった。

——おユキに会いたい。

——おユキの姿を描きたい。

自分でも驚くほど、ふつふつと湧いてくるその願いは切なく、切実だった。

蔦重は、

「好きなだけいてください。でも、お帰りになりたかったらいつでもどうぞ」

と言う。

結局自分は、周りの人たちの手の中にいるのだと、思い知らされてもいた。

芝居小屋からの帰り道、思いにふけって人目を避けることを忘れていた政之介を、呼び止めるものがいた。

「政ちゃん」

懐かしい名前で呼ばれて思わず立ち止まると、目の前に弥吉が現れた。

「政ちゃんだろ。政ちゃんじゃないか。いったい何してたんだよ。心配したじゃないか」

政之介が返事をしないので、弥吉はたたみかけた。

「政ちゃんがおいらに心配かけるなんて、まるでさかさまじゃねえか。冗談じゃねえぜ。もう、死んじまったかと思ったじゃねえか」

弥吉は政之介の肩や腕をなで回し、涙ぐんだ。

「元気だったのかい。どこか悪いとこはねえのかい」

「ああ、元気だ」

「やっぱり政ちゃんだ、政ちゃんの声だよ。やっと見つけたよ」

とうとう弥吉は、人目もはばからず泣きだした。

「悪かったよ、もう泣くな。どこかで休もう」

政之介は弥吉を連れて、茶屋に入った。

弥吉の泣き顔を見たとたん、もう、身を隠す気はなくなっていた。目の前の霧が突然晴れたように、自分の戻るべき場所がすっと見えた。

「帰っておいでよ、政ちゃん。おいら、張合いがなくってしょうがねえ」

「あぁ、帰るよ」

「おユキちゃんだって、げっそりやつれちまってさ」

「……そうか」

「おユキちゃんがどれだけ政ちゃんを探し回ったか。ひどいよ、政ちゃん。おユキちゃんにあんな思いさせてさ」

おユキのことは、忘れたことはない。

描きたいだけ描ける日々を送りながら、美人画を一枚も描かなかったのは、身分を隠したかったからだけではない。おユキ以外の娘の絵を描く気になれなかったのだ。

だが、そこにいないおユキの顔を思い浮かべて描くのは、もっとつらかった。

「おユキは変わりないかい」

「なに言ってるんだよ、今いったろう、げっそりやつれちまったって」

ユキは毎朝、毎晩、町内を回って政之介を探すのが日課になっていた。奥の仕事の手は抜くまいと、朝、暗いうちから起き出して、夜も仕事を終えてから町を歩いた。

体に障るからと弥吉が止めても、言うことを聞かない。神社や稲荷様の前では必ず手を合わせ、月に一度はお百度も踏んだ。

「おいら、おユキちゃんの顔見たらもう、ほんとに泣けてくるよ」

「……」

「茶、飲んだらすぐ帰ろう。なあ、そうしよう。そしたらおユキちゃん、喜ぶよ。おいら、おユキちゃんにほめてもらえるぜ」

ぼてふりで鍛えた精悍な顔つきの弥吉に、幼いころの茶目っ気が戻った。

「蔦重さんの世話になってたんだ。ちゃんとあいさつして、明日帰るよ」

「だったら、いまからあいさつに行こう。その足で帰って、あとでまた、ちゃんとお礼に行けばいいじゃないか」

弥吉は、こんどこそ政之介を逃がすまいと、着物のそでを握ったままついて歩いた。

その様子を見て、蔦重はすべてを納得したようだった。

「楽しゅうございましたよ。お達者で」

小伝馬町の耕書堂で蔦重に別れを告げたころには、夜もすっかり更けていた。

「おい、いいかげん放してくれよ。罪人みたいじゃないか」

「だめだ。政ちゃんは罪人だ。おユキちゃんやみんなにこんなに心配かけて。ここで政ちゃんに逃げられたら、おいら、おユキちゃんに呪い殺されるぜ」

「穏やかじゃないな。だいじょうぶだよ。おいらが帰るところは、お前やユキがいるところだ。もうわかったから、心配するな」

弥吉は政之介の両手を握って、こんどは鼻をすすった。

「政ちゃん、おユキちゃんな、政之介さんを見つけてくれたら、おいらと一緒になってもいいって言ったんだぜ」

「えっ」

「いいかい、政ちゃん。それで」

「……いや」

——だめだ。さっき、自分の気持ちがはっきりしたばかりなのだ。

おユキに会いたい。

おユキと一緒に店をやりながら、おユキを描いて暮らすのだ。

これまで政之介は、好きなだけ絵を描いて、それで収入と人望が得られるなら、これ以上のことはないと思っていた。しかしそれは、絵を描く喜びのごく些細な一部でしかないことを、芝居小屋の定八たちは教えてくれた。

気持ちを込めて表現し、それを見て喜ぶ人たちとの満ち足りた時間を共有できること。そのことこそが絵を描く醍醐味だ。

喜んで手本をしてくれるおユキがいて、その姿を描く自分がいる。自分の絵はそこでこそ花開くのだ。

清政の絵は、おユキを描くためにある。

「それはだめだ、それぱっかりは、いくら弥吉でもだめだ」

「はは、わかってるよ。おユキちゃんが一緒になりたいのはおいらじゃねえ。あんまり毎日政ちゃんのことばっかり言うから、おいらやけてきて、命がけで政ちゃん見つけてくるから、そしたらおいらといっしょになるかい、って聞いたんだ。

そしたら、わかりました、ってさ」

「……」

「ユキちゃんも苦し紛れに言ったんだ。そんなことも分からねえほど、おいら間抜けじゃねえ。だから政ちゃん、帰ったら、おユキちゃんにちゃんと言わなきゃだめなんだぜ」

「弥吉……」

しばらく会わない間に、弥吉はすっかり大人になってしまった。自分だけ回り道し、道に迷っていたのかもしれない。

しかし、闇を抜けて出る先は、今はもう見えていた。

「ほんとに心配かけたな。ユキのことまで世話をかけて。すまなかった」

政之介は立ち止まって、弥吉に頭を下げた。

「へへ、形勢逆転だぜ。これでまたしばらく、おいら、政ちゃんに厄介かけてもいいな」

「ああ、そうだな」

日本橋を渡ると、白子屋のある本材木町は目と鼻の先だ。

行く手に、提灯を下げた細身の娘の姿があった。

あとがき

このお話の主な登場人物は実在の人たちです。
江戸時代中期、鳥居清政という若き浮世絵師がいました。喜多川歌麿と並び称せられた美人画の巨匠、鳥居清長の長男です。一七八六年（天明六年）、数えの十一歳で描いた『女と凧を持つ子ども図』は、子どもとは思えぬ技量で世間を驚かせました。その後、『江戸紫　娘道成寺』や『なにわやおきた』など、数点の作品を発表し天才とうたわれますが、十七、八歳でぷっつりと制作が途絶えます。父清長の命により筆を折ったとされていますが、詳しい記録はほとんどなく、詳細は分かっていません。

若き清政に何があったのだろう。天才絵師の父と息子の間にどんな会話が交わされたのだろう。どんなに切なくつらかったことかと、この父と子に焦点を当ててお話を書いてみたいと思いました。そうして調べていくうちに、とんでもないことに気づきました。謎に包まれた天才絵師、東洲斎写楽の活動期が、清政の断筆の直後に重なるのです。そこで今度は、写楽の生い立ちを調べなければならなくなりました。

写楽の出生や生い立ちについても、明らかになっていない点が多く、一七九四年（寛政六年）から翌年にかけて、わずか十カ月ほどの間に百三十点を超える作品を発表して、忽然と姿を消します。能役者、斎藤十郎兵衛だという説が有力とされていますが、こちらも決め手はなく、真実はわかっていません。しかし少数ながら、写楽は鳥居清政ではないか、という説を唱える人もいます。

この二つの謎に出会って、物語ができました。写楽が清政だったら、清政の無念も多少は報われるのではないだろうかという、かすかな希望もあります。真実は闇の中ですが、江戸の天明年間から寛政年間にかけて、時代の流れに巻き込まれながら、絶望し、ささやかなともしびを見つけていく少年の葛藤を、描きたいと思いました。

最後に、この本が出版されるにあたって、多くの方々にご指導とご尽力をいただきました。とりわけ児童文学者の中川なをみさん、小長谷昂平さん、新日本出版社の丹治京子さんには一方ならぬご厚情を賜りました。この場をお借りして、深く御礼申し上げます。

二〇一五年一月

茂木ちあき

茂木(もてぎ)ちあき

千葉県生まれ。中学校教師、雑誌編集等を経て、児童書の創作に入る。主な著書に『いま、地球の子どもたちは―2015年への伝言』(全4巻、共著、新日本出版社)、短編に「わたしがいる!」「ラベンダーは死の香り」(ともに「怪談図書館」収録、国土社)など。日本児童文学者協会会員。

高橋(たかはし)ユミ

大阪生まれ。大阪芸術大学芸術学部卒業。グラフィックデザイナーを経てイラストレーターに。京都デザインビエンナーレ準大賞、ポンツーン装画コンペ平川彰賞、HBファイルコンペ仲條正義賞受賞。書籍の装幀、雑誌の挿画、広告等幅広く活躍している。

清政（きよまさ）
——絵師（えし）になりたかった少年（しょうねん）

2015年2月25日　初版　　NDC913 158P 20cm

作　者　茂木ちあき
画　家　高橋ユミ
発行者　田所　稔
発行所　株式会社新日本出版社
〒151-0051 東京都渋谷区千駄ヶ谷4-25-6
営業03(3423)8402
編集03(3423)9323
info@shinnihon-net.co.jp
www.shinnihon-net.co.jp
振替　00130-0-13681

印　刷　光陽メディア　製　本　小高製本

落丁・乱丁がありましたらおとりかえいたします。

ISBN978-4-406-05856-8　C8393　Printed in Japan